栗林圭魚

季題拾遺

四季の移ろいを読む

学芸みらい社

季題拾遺——四季の移ろいを読む

栗林圭魚

学芸みらい社

目次

春

夏

秋

冬（含む新年）

＊本書の四季の分類は、原則的に虚子編『新歳時記』に従い、季題解説の引用に当たっては、旧かなづかい、新漢字とした。

装丁　熊谷博人

春

立春

まず、虚子編『新歳時記』（三省堂）の解説を引用する。

立春　節分の翌日が立春で、大概二月四日の年と五日の年と二年づつ続けて来る。未だ中々寒いが、禅寺等では立春大吉の札が門に貼られどこやらに春が兆す。陰暦によつた昔は立春即ち新年で、元日のことを今朝の春・今日の春などといつたものであるが、今ではさういふ言葉は元日の方に譲つておいて、単に春立つとか立春とかいふべきである。

いかにも春が来たというのびやかな思いを感じさせる解説である。

雨の中に立春大吉の光あり　虚子

の句は、まさにこの解説と一体になっている句と思えるが、この句は、大正七年二月一〇日のホトトギス発行所例会で出句された。

『年代順虚子俳句全集』（新潮社）の記録には、同日句として、

老衲火燵に在り立春の禽獣裏山に　虚子

があり、『新歳時記』の「立春」の例句には、こちらが採用されている。

ホトトギス発行所例会は、毎月数十人が発行所に集まって行っていたが、大正七年当時は、虚子は鎌倉に住んでいたので、東京の牛込船河原町に借りていた発行所に、毎日鎌倉から横須賀線で通勤していた。ホトトギスの発行所は、大正一二年一月に、竣工したばかりの丸ビルに移転する。俳句結社がオフィスビルに入居する先駆けである。

「立春」の説明を歳時記から離れて、『日本国語大辞典』（小学館）に探せば、「二十四節気の一つ。太陽の黄経が三一五度のときをいう。雑節の基準日、八十八夜・二百十日などの起算日。新暦二月五日頃に当たり、昔の中国および日本ではこの日から春になるとした。立春節。和語では『春立つ』が用いられ、陰暦の時代は、その年のうちにこの日を迎えることもあった。↓年内立春。」とある。最後の一節にある「年内立春」を『角川俳句大歳時記』（角川学芸出版）では、冬の季語として立項しているが、例句はすべて江戸時代の俳句であり、今日では俳句の季語としてはあまり知られていないかと思う。

筆者も、『古今和歌集』（巻第一の巻頭）一首に、

ふる年に春立ちける日よめる　　　在原元方

年のうちに春は来にけり一年を去年とや言はむ
今年とや言はむ

があることは知っていたが、さきに示した「その年のうちにこの日を迎えることもあった。」の「こともあった」を稀にしかないことと読んでいたので、この年内立春の歌が巻頭にあることも、春歌の部の最初の時期の珍しい歌としてここにあるのかと思い込んでいたのであった。

しかし、あらためて、小町谷照彦訳注『古今和歌集』（ちくま学芸文庫）を読み直してみると、この歌の注に、「ふる年に春立ちける日」とは、「年内に立春となること。陰暦では新年と立春が重なるのが原則だが、当時はおよそ二年に一回年内立春があった。」と説明されており、なにも珍しいことではないのであった。

さらに、和歌の上では、すでに『万葉集』に二首あると教えてくれる。一は、天平宝字元年（七五七）一二月一八日の四四八八「み雪降る冬は今日のみうぐひすの鳴かむ春へは明日にしあるらし」（三形王）、二は、おなじく一二月二三日の四四九二「月数《よ》めばいまだ冬なりしかすがに霞たなびく春立ちぬとか」（大伴家持）であると例示し、これらの歌には、「元方の歌のような先鋭な暦意識はなく、四季の推移が観念的な景物の転換として大らかに詠出されている。」と指摘している（小町谷照彦「古今和歌集評釈」「國文學　解釈と教材の研究」學燈社、一九八三年一月号）。

小町谷氏は、同論考で、元方の歌を、藤原俊成は「この歌、まことに理強く、また、をかしくも聞えて、ありがたく詠める歌なり」と激賞しているが、正岡子規は「実に呆れ返つた無趣味の歌に有之候。……しやれにもならぬつまらぬ歌に候。」と酷評していることも紹介している。

繰り返しになるが、立春には年内立春、つまり旧暦の一二月（閏一二月も含め）のうちに立春を迎える年と新年立春、つまり新年に入ってから立春を迎える年とがある、というのであるが、さらに言えば、一年に二度立春のある年、立春が一度もない年もあるというのであるからややこしい。

今日の太陽暦では、一年の日数が決まっているので、一太陽年を二四等分する二十四節気の日付はほぼ決まっているので、歳時記の解説も、立春は二月四日か五日と説明できるのであるが、旧暦（太陰太陽暦）では、年によって動いていたのであった。

こう教えてくれる湯浅吉美編纂の『日本暦日便覧』（汲古書院）には、西暦六九二年から一八七二年にいたる各年の二十四節気の日付のリストがある。その立春の項を数えれば、この一一八一年間に、年内立春は、閏一二月の場合も含めて、六〇六回あり、新年立春は五七五回である。正月一日のどんぴしゃりの立春は、四二回である。

湯浅氏は、同書の「年内立春と朔旦冬至」の一節に、このように年内立春について詳述した上で、「古今集冒頭にある在原元方のこの歌は、年内立春を詠んだ好例であるが、多くの注釈書類でこの年内立春を『異例』と注している。それが先入観に基づく誤解に過ぎないことは、上記の数字に明らかであろう。」と述べているから、先に述べた筆者の誤解も、一部を読んだだけで全体をしっかり理解していなかった不勉強ということである。

ちなみに、西暦六九二年とは、持統六年で、日本で中国から取り入れた元嘉暦が使われ始めた年であり（岡田芳朗他編『現代こよみ読み解き事典』柏書房）、西暦一八七二年は明治五年一二月三日をもって太陰太陽暦を止め、明治六年一月一日とする太陽暦を使い始める年である。福澤諭吉の『改暦辨』（慶應義塾大学）が発行された日である。

俳句歳時記には、多くの旧暦（太陰太陽暦）の時代に生まれた季題が採録されているが、実際の俳句にはなりにくい年内立春などという背景もあったことに触れてみた。

下萌

手元にある一番古い歳時記は、高濱虚子編『俳諧歳時記』(改造社)である。(春の部)の奥付には昭和二二年五月とあるが、編纂を担当した虚子の序文の日付が昭和八年一〇月であるから、その初版の復刻であろう。本書は、「下萌」を立項し、傍題に、「草萌」と「草青む」を挙げている。現在の歳時記も、見た範囲のものはこれを踏襲していて、一部のものに「草青む」を別項とするものもあるが、「下萌」と「草萌」の位置づけは同じである。その(古書校註)に、『御傘』を引用しているが、その一部を挙げると、「下萌と云ふ詞、春に成ると云ふにふかき心有り。草やらん木やらん、何の差別もなく、春に青々生ひ出づる物のあるを興じて、下萌と云ふ詞出来たると見えたり。」とあるから、「下萌」は草が萌えると限定的に使わず、より広く捉えている詞であるらしい。しかし、虚子の(季題解説)は、「もう冬枯の中から春気は動いて、草が萌えつゝある。これを下萌といふのである。」と述べているから、やはり具体的には、草の萌える景色が前提にあるのであろう。

『新歳時記』は、翌昭和九年一一月が初版で、手元にあるのは、昭和一二年一〇月の第三十四版であるが、その解説は、「いつしか冬枯の中から春気は動いて、草が萌えつゝある。榻を移さんとすればそこに既に草が萌えてゐる。古筵をとればそこにも青める草がある。垣根にもさうだ、池塘にもさうだ。これを下萌といふ。」となっていて、改造社版に手を加えている。虚子には、「下萌」を立項しつつ、思いはやや実景の「草萌」に傾いているかに見える。虚子が挙げている虚子自身の例句は、改造社版の二句も、『新歳時記』の四句中の二句も、「草萌」の句なのである。

あらためて、『年代順虚子俳句全集』全四巻（明治二四年から昭和五年四月の間の俳句から、虚子が自選して後に残したもの）を調べると、「草萌」と「下萌」は別項にして季題索引があり、「草萌」は一二句、「下萌」の句は三句と圧倒的に「草萌」が多い。その後は五年間毎の『句日記』（改造社他）として纏められているが、その最初である昭和五年五月から一〇年一二月を調べると、ここでも別項としてあり、「草萌」が一一句、「下萌」が二句である。しかし、昭和一一年以降三〇年までの二〇年間の四冊の『句日記』では、「下萌」が七句、「草萌」が一句と劇的に変化する。昭和九年の『新歳時記』が、虚子に変化をもたらしたように見える。ところが、虚子が亡くなる直前の昭和三三年の三句（これらは虚子自選の『句日記』にある）と、三四年二月の一句は、すべて「草萌」に戻っている。なにが、虚子に起こったのであろうか。

菠薐草

「菠薐草」という季題が、『新歳時記』で二月におかれているのは、秋蒔きの菠薐草は冬の寒さに耐え、霜に出会うと一段と美味しさを増すということにあるらしい。

菠薐草は、古くペルシアのあたりで栽培が始まったとされているが、その後回教徒の聖地巡礼により、東方へはシルクロードを経て中国に、西方へはアフリカを経てヨーロッパに伝わった。日本への伝来は、中国経由の東洋種で一六世紀半ば。西洋種は、特にオランダでの品種改良が進み、日本には江戸末期に伝わったという。菠薐草はアカザ科であり、日頃よく目にする葉の切れ込みの深く、葉肉の薄い東洋種に親しみが強い。これは秋蒔きの低温・短日型であるから、晩冬・早春の他の葉野菜がなくなった頃によく成長して美味しくなる。しかも栄養価の高い野菜として食卓に上る。西洋種は、葉の周りの切れ込みが少なく葉に厚みがある。高地・冷涼地での春・夏蒔きとされるという。

菠薐草は、明治時代までは限られた高級野菜であったそうで、確かに歳時記の類を見ても、江戸時代の句は見当たらない。菠薐草の一般への普及は、大正時代からのことで、本格的栽培は昭和にはいってからのことと知って驚く。

ちなみに日本の年間生産量は、ホウレンソウ　三七万トン、ハクサイ　一一二万トン、キャベツ　一六〇万トン、ダイコン　二三四万トン（いずれも一九九〇年頃のデータ。大久保増太郎著『日本の野菜』中公新書）である。

普段の食卓での親しさからみて、意外な思いとそんなものかなあとの思いが交錯する。

猫柳

「猫柳」は、比較的新しい季題だということは、歳時記の例句を見ればすぐに分かる。『俳諧歳時記』

は、江戸時代の俳句を多く載せる方針で編纂されているが、この歳時記にしても、例句は、「ホトトギス」以降のものだけである。日本の古典文学の世界では、柳を題材にした和歌など、沢山読むことができるが、猫柳を詠んだものはないようだ。山本健吉氏の随筆に「楊柳新たなり」(『日本の名随筆17 春』、作品社)があって、一九七五(昭和五〇)年三月二四日に、吉川幸次郎氏を団長とする文化使節団の一員として中国を訪問したときの様子が書かれている。季節柄、空港から北京市内までの道路の両側には楊や柳が並び、芽吹き始めていた。一行の話題は自然この楊柳の違いは、ということになり、吉川氏に質問が向けられた。吉川氏の説明は明快で、と以下山本氏の文を引用する。「氏は両手をだらりと下へ垂らして見て、これが柳《リウ》だと言われた。また、両手を真上にまっすぐさし上げるようにしてこれが楊《ヨウ》だと言われた。氏によれば、ヨウとリウという発音が、ただちにそれぞれの木の姿を示しているのであった。」と紹介した上で、

中国では、何時も楊柳と並べて言う。李白の七絶『蘇台覧古』の詩句に、

旧苑高台楊柳新たなり

といった風に、楊と柳を同等に美しいと見る。だが日本では古来、シダレヤナギの美しさは、古今集に、

浅みどり糸よりかけて

とか、

あをやぎの糸よりかくる

などと言っているが、楊の美しさをたたえる歌はなかった。ネコヤナギ(カワヤナギ)は茶花に

使うが、これは新葉の緑の美しさとは別の観点である。

と、山本氏は書いて、中国人と日本人の柳の美しさの受け取り方に違いがあるようだと言う。日本では、柳と言えば桜が来る。「見渡せば柳桜をこきまぜてみやこぞ春の錦なりける　素性法師」がその代表であろうというのである。そういえば、手元にある、国文学者久保田淳の「古典歳時記」という副題の書名は、『柳は緑　花は紅』（小学館）であった。

いくつかの歳時記が最初に挙げる例句がなべて高浜虚子の俳句であることも、この時期になって、「猫柳」がようやく文学上の位置を得たということなのであろう。

虚子にしても、猫柳の句は、『年代順虚子俳句全集』にはなく、『句日記』の昭和六年三月八日に作られた、〈猫柳ほうけて水にひたりをり〉が一番古い句であるらしい。詞書に、「大阪新芋会員大挙上京。江戸川堤を逍遥。川甚にて句会。」とあるから、まぎれもなく吟行の写生句であろう。

その虚子から三十数年後、石田波郷『江東歳時記』（東京美術選書）の「江戸川矢切渡し」の一節に、〈用もなく乗る渡舟なり猫柳〉の句があり、「向こう岸に渡舟番の小屋があって旗が揚がり、二、三本の低く光る木は猫柳だ。犬を抱いた若妻、自転車を押した娘、臨月も近いような腹を風呂敷包でかくすように抱いた女、それぞれカメラをさげた青年群、そういう人々のわきから飛びうつる子供達。中には渡しにのって向こう岸についても上陸せずそのままひきかえす者もあるようだ。上は葛飾西橋、下は市川橋までの長い間隔は、この渡舟の利用価値を失わしめない。」と描かれている。

虚子の「猫柳」の句に戻れば、信州小諸の疎開時代の、

山川の水出しあとや猫柳

山里の春はやうやく猫柳

などは、北国に育ち、春を待ちかねて雪解川に遊んだ筆者の体験を思い起こさせてくれる佳句であると思う。

薄氷

「薄氷《うすらひ》」は、山本健吉編『基本季語五〇〇選』（講談社）によれば、連俳では冬の季語としていたが、最近春の季語として用いているのは、虚子の〈薄氷の草を離るゝ汀かな〉（明治三二年）あたりからであるという。

『年代順虚子俳句全集』第一巻によれば、明治三二年三月一九日、四谷在十二社の茶店に、碧梧桐・露月・四方太・左衛門・鳴雪や虚子など一〇名が集まった句会で生まれた句であるから、確かに春の季題として、実景によって作ったのであろう。しかし、その当時は、春の季題としての「薄氷」は確立していなかった。

虚子が編者として歳時記に係わったのは、恐らく改造社から昭和八年に刊行された『俳諧歳時記』全五冊の春の部と冬の部を担当したときであろう。この春の部を見ると、「春の氷」「残る氷」「氷解」と立項しているが、「薄氷」は挙げていない。「氷解」の解説に、「春になつて、池沼河海や田圃などに張りつめてゐた冬の氷が融けるのを謂ふ。田圃や池沼の氷がなくなると、水底に芽ぐむものが見えてくる。」とあるが、虚子の「薄氷の」の句は例句にない。

虚子は、翌九年に『新歳時記』を出版したが、ここで初めて、「氷解」から独立させて「薄氷」を立項した。その解説に「春先、薄々と張る氷をいひ、又薄く解け残つた氷をもいふのである。」とあるから、春になってから寒さが戻って、また薄い氷が張ることを第一義としていることが分かる。春になって、池や沼等に張った氷がだんだんと解けて、薄くなってゆく「氷解」との違いを示したのである。

実は虚子は、「ホトトギス」の大正八年一月号の付録として、「写生を目的とする季寄せ」を発表している。当時は、旧来の一、二の歳時記しか見ることができなかったし、それらは全て旧暦に従っていたから、虚子の提唱する写生俳句、吟行の句作に相応しいものではなかった。そこで、「ホトトギス」の読者の便宜のため、不十分でもよいから、新しい歳時記を提供しようという試みであったが、ここではまだ「氷解」を立項し、自句〈薄氷の草を離るゝ汀かな〉を例句として挙げるに留まっている。

従って、山本健吉は、明治三二年の虚子のこの句をもって「薄氷」という季題の始まりとしているが、虚子自身は、今日も名著とされる、昭和九年の『新歳時記』を世に問うたときに、初めて「薄氷」を新季題とし、この句を例句としたのであった。

実朝忌

忌日の俳句は、その人の業績、履歴、人柄、あるいはその生い立ち、土地柄などの背景にも思いを巡らして句を作るということであろうから、歳時記の解説もそのようになっているのであろうと、手元の諸歳時記を読み比べてみた。

先ず、昭和八年に出版された『俳諧歳時記』（新年の部）は、大谷句仏が編者であるが、ここに「実朝忌」を入れている。「正月二十七日。」と書いて、新年に該当するという意思表示である。略歴や和歌にも触れた上で「青木月斗氏及び『同人』社の人々鎌倉寿福寺に於て、曽て二月二十七日実朝忌を修してより、毎歳この忌を修し、以て多情多感なりし詩人としての実朝を弔す。然れども陰暦一月二十七日を正当の忌日となす。」と新年の部に立項する正当性を主張している。それ故にであろうか、句仏が例句として挙げているのは、自分が主宰した「懸葵」から選んでいる。月斗は大阪で大正九年五月に「同人」を創刊しているから、主宰する「同人」の面々を引き連れて上京し、寿福寺で実朝忌を修したとすればそれ以降のことになるが、確認はできていない。大阪俳句史研究会編『大阪の俳人たち2』（和泉書院）にある、角光雄氏執筆の「青木月斗」を読むと、月斗が太閤忌俳句大会を創設したとあるから、実朝忌も行ったかとも思えるが、一方実朝忌については明確に書き残していないのでこの書では確認できなかった。

梅寒し祀る鎌倉右大臣　月斗

『俳諧歳時記』(春の部)は、高浜虚子の編集であるが、ここにも「実朝忌」が立項されているのは不思議なところである。五巻全体の調整がなかったのであろう。虚子について言えば、明治四三年に鎌倉由比ガ浜に転居し、以後生涯この地に過ごしているから、実朝は心にかかる人物であったに違いない。虚子は、大正八年一月号の『中央公論』に新作能「実朝」を発表しており、同月の『新公論』には、「実朝の萩の歌」という文章も載せている。筆者未見であるが、虚子は能「実朝」のなかで、渡宋を企て宋人陳和卿に船を作らせて、由比ケ浜の海に浮かべようとしたが失敗した故事を語らせているという。

虚子は、『俳諧歳時記』の解説にもこのくだりを繰り返している。同歳時記の実朝忌の解説に「現在鎌倉扇ケ谷寿福寺において毎年実朝忌を修してゐる。」とも書いているが、『新歳時記』においてもこの解説は続いている。稲畑汀子編『ホトトギス新歳時記』(三省堂)では、「その墓のある鎌倉扇ケ谷寿福寺では毎年忌日に読経をしている。」と表現が変わっているが、これを読むと、人々が集まって忌を修しているのではなく、寿福寺が大切な人の供養として忌を修しているということと思われる。寿福寺は、実朝の母、北条政子が正治二(一二〇〇)年に開創した寺であり、実朝は鎌倉幕府第三代将軍として、たびたびお参りしていて、自ら写経した経文を納めたこともある縁の深いお寺なのである。

虚子の実朝忌の句を確認したい。先に述べたとおり、虚子は大正八年一月に新作能「実朝」を発表しているから、その前後に実朝忌の俳句を作っているのではないかと、入念に『年代順虚子俳句全集』を調べたが、一句も残していない。そのためか、昭和八年の『俳諧歳時記』で虚子が挙げている例句は月斗など「同人」から選出されてる。

『ホトトギス雑詠選集』(朝日文庫)に収録された「実朝忌」の句は、昭和八年の立子の句〈庭掃除して梅椿実朝忌〉の一句のみであるから、「ホトトギス」のなかではまだ馴染みの少ない季題だったのであろう。立子は、「梅椿」という季語を重ねているのもそれ故にということかと思う。

先に述べた『俳諧歳時記』に句仏が採用した三句の例句もそれぞれ、「あられの音」とか「春の霰」「寒凪」などの季語が添えられているし、虚子が挙げた月斗らの二句も、「梅寒し」や「老梅冱てつ」が一句のなかにおかれている。忌日の俳句の難しさである。

虚子の最初の実朝忌の句は、昭和一四年に現れる。

其頃も椿は赤く実朝忌　虚子

続いて一五年に、鎌倉、香風園であった句謡会の六句。

鎌倉に実朝忌あり美しき
寿福寺はおくつきどころ実朝忌
実朝忌由井の浪音今も高し
茲に亦誰の墳墓や実朝忌
鎌倉に吾も住ひて実朝忌
和田塚のほとりに住みて実朝忌

と、一気に六句も作っている。以上の七句が、『句日記』で探しあてた虚子の実朝忌を詠んだ句の全てであるが、いずれも虚子庵の暮らしや寿福寺の自らの墓所との縁から生まれた句となっていることが分かる。

諸歳時記を見ると、「実朝忌」の例句に挙げている虚子の句は、『新歳時記』と『ホトトギス新歳時記』では、〈実朝忌由井の浪音今も高し〉を挙げ、『風生編歳時記』（東京美術）を初めその他の歳時記では、〈鎌倉に実朝忌あり美しき〉である。

鶴岡八幡宮発行の冊子を見ると、実朝忌に関することはなにも書かれていないが、実朝を顕彰して八月九日の誕生日に実朝祭が毎年行われている。ぼんぼり祭（立秋の前日より八月九日の三日間）の最後の日があてられ、境内の白旗神社で執り行われ、参道の両脇に、著名人の直筆の俳句、短歌、絵などの雪洞が並ぶ。この行事の始まりは、虚子の俳句に発見できる。『句日記』の昭和十七年八月八日の項に「初めて実朝祭を修す。」とあって、次の三句がある。

この時ぞ実朝まつり定まりし　虚子
夜詣や茅の輪にさせる社務所の灯
大茅の輪踞みもせずに一と跨ぎ

翌一八年八月八日には、鎌倉八幡宮実朝祭献句として

けふの天高き実朝祭かな
立秋の雲の動きのなつかしき

の二句がある。実朝祭は、季題として定着していないが、それは承知の上で、ぼんぼり祭の三日間は、

夏越祭、立秋祭、実朝祭として執り行われていることから生まれた句である。

虚子の実朝祭の句は、昭和一九年から二二年までない。小諸に疎開していた時期である。鎌倉に戻った後の、二三年、二四年にそれぞれ四句残されているが、ここでは省略しておこう。鎌倉人として、虚子の実朝への思いには、いつも熱いものがあったに違いない。

水温む

山本健吉『ことばの歳時記』（文藝春秋）および『基本季語五〇〇選』を読むと、「水温む」という季題は、「あたたかいユーモアを感じさせる」季題で、王朝和歌のみやびの世界には登場していないもので、俳諧・俳句の時代になってから愛用されるようになったという。それも、元禄ではなく天明になってからのことと、千代女や蕪村、蓼太の句を例に出している。虚子の作句を見ても、明治時代一〇句、大正時代五句、昭和になってから一一句と若い時代の方が多い。明治三九年四月一六日の「俳諧散心」では、「水ぬるむ」十句に取り組んでいるから、この季題が大いに好まれたのであろう。

『新歳時記』は、昭和九年に初版が出されたが、これに掲載された虚子の句は、大正七年四月の印旛沼吟行のときの〈水温む利根の堤や吹くは北〉の句で、昭和一五年発行の改訂版のときに、「高商卒業生諸君を送る」と詞書を付けて、〈これよりは恋や事業や水温む〉の句に改められたのであった。この句は、大正五年二月に作られているから、何故初版に採録されなかったのであろうか。不思議に思うが、それはともかく、虚子は、歳時記の例句について、季題ごとに何度も吟味していることが分かる。

こんなことを調べながら、『新歳時記』の巻末の季題索引を読んでいて、「水涸る」（冬）、「水澄む」（秋）につづき、「水温む」（春）があって、夏の水の状態を現す季題のないことに気が付いた。二九の、水が頭に付く季題があって、その七割ちかくが夏の季題なのだが、夏の水の状態を示す季題がない。さらに調べると、「春の水」、「秋の水」、「冬の水」はあるが、「夏の水」はない。歳時記はおもしろいものだと思う。

春の山

春の山屍をうめて空しかり　　虚子

虚子のこの句は、異彩を放っている。どんな背景があるのであろうか。

「春の山」という季題は、どの歳時記を見ても、夏の山・秋の山・冬の山とともに採録されている季題であるから、当然ながら、四季の一つとしての春山の情景を詠み込んだ俳句が示されることが多い。それ故に、この句の、春の明るさのなかにひそむある鬱々とした感覚は、読み手に戸惑い、震えを覚えさせる。

虚子は、昭和三四年四月一日に脳溢血で倒れ、以後意識を回復しないままに、八日に亡くなった。虚子が生前に出席した最後の句会は、同年三月三〇日に鎌倉の婦人子供会館で開催された句謡会であった。この会は、午前中に俳句会を行い、昼食後は謡の会となる。句会が大好きで、謡に熱心であった虚子に相応しい最後の句会となった。

掲出の句は、この句会の出句記録に残された虚子の最後の句であった。（注：昭和三四年六月発行の「ホトトギス　虚子追悼　七百五十号」に収録されている高浜年尾の「父の最後の句について」によると、虚子の句帳の句謡会の句の次に、「句仏十七回忌」と詞書があって〈独り句の推敲をして遅き日を〉という句が書かれてあり、これが虚子の最後の一句であるという。）

ところで、虚子は、「春の山」という季題でどのくらい句を作っているのであろうか。

虚子の生涯の俳句を閲するとき、『年代順虚子俳句全集』全四巻および『句日記』六冊が必須であるから、定法に従って、各書の巻末の季題索引を頼りに、虚子の「春の山」の句を拾い出してみたところ、五一句あった。

最初の句は、明治二五年五月に子規に書き送った句で、〈春の山行かば枯木も二三本〉である。松山中学を卒業して京都第三高等中学に入る直前の句である。それから昭和三四年三月末の掲出句まで、六七年間に五一句であるが、注目すべきは、最晩年の五年間である。

昭和三〇年に三句、三一年に八句、三二年はないが三三年に四句と多作である。虚子は、句作の一年後の「ホトトギス」に、推敲・自選して「句日記」として発表しているので、以上の一五句はそれに該当する。

三四年には二句、「春の山」の句があるが、これは虚子の自選ではなく、年尾が最後の『句日記』を刊行するときに虚子の句帳から採録したものである。

虚子生涯の「春の山」の句、五一句中一七句が最晩年の五年間の作品であるということに、虚子の心境のある部分が表れているのではないかと思う。

これら一七句からいくつか挙げてみると、

背負ひたる春山よしと思ひ住む　昭和三〇年
春の山歪つながらも円きかな　同三一年
春山を相して京に都せりと　同
春の山円きが上に円きかな　同
直線の堂曲線の春の山　同三三年
大佛を有し春山を有しけり　同
あの山は丸き草山春の山　同三四年

と、穏やかな春の山の姿を好んで描き出している。

こうして、最後の一句が生まれた。

春の山屍をうめて空しかり　同三四年

である。やはり、虚子の「春の山」の句として、特異な表現を持っている。

『虚子先生と句謡会』（逓信協会）という冊子がある。当時の句謡会の幹事を務めていた山田凡二氏の編述になる、句謡会の記録である。その最後の記録に、虚子最後の句謡会の様子が報告されている。会場の婦人子供会館は、「鎌倉駅の近くの、鎌倉郵便局の右横丁を這入った突当り」とあるから、手元の地図を確かめると、同じ位置にいまも婦人子供会館はあるらしい。もっとも建物が同じかどうか確かめていない。その二階が会場で、「暖い春の日が射し込み、庭には桜や桃が丁度見頃に咲いていた。やがて静かな足音が聞えて縁側に現れたのは虚子先生であった。いつもの様に茶羽織に着流しと云う恰好で」あったという。二、三の会話を交わした後、「先生は立って床の間に近づき、掛軸にじっと見入っておられた。床には桜の枝が活けてあった。それから縁側に出られ、こんもり茂った後ろの山を仰いだり、青く萌えそめた庭芝を見おろされたりして、俳句の写生をしておらるる様子であった。」と虚子の句作の姿が描かれている。

記録には、風の強い一日であったともある。

こうして作られた虚子の句は、幹事の報告記では、普段の投句数は七句だが、この日は出席者が少ないので、虚子先生と相談して一人十句宛にしたとなっている。記録にある虚子の句は、七句が次の順で示されている。

英雄を弔ふ詩幅桜活け　虚子
幹にちよと花簪のやうな花　同
鎌倉の草庵春の嵐かな　同
何鳥か羽裏見せ飛ぶ春嵐　同
椿大樹我に面して花の数　同

椿大樹庭の真中に花多し　同

春の山屍を埋めて空しかり　同

但し、虚子の六冊目の『句日記』の昭和三三年六月以降の句は、虚子の自選・推敲がされないままに、逝去後に句帳の記録から高浜年尾が採録したものであるが、その記録によると、この句謡会での虚子の句は九句ある。また、句の順序も多少異なっている。

その点はさておき、先の七句を見直すと、

英雄を弔ふ詩幅桜活け　虚子

春の山屍を埋めて空しかり　同

が対をなすような内容であり、他の句と情景が異なる。

それは、報告記に紹介されている、虚子が見入っていた床の軸の詩からきたものと思われる。

廟柏汀松映海門繁華

事去夕陽暮蒼涼一片

江山気中有英雄

未死魂　鎌倉懐古

春堂詠書

（原注：中村春堂は小野鵞堂の高弟にて既に逝去す）

虚子が床の軸を離れて、二階の縁側から春の山を仰いだとき、それは妙本寺のあたりではないかと思われるが、今若々しい葉を茂らせつつある山々に、鎌倉の歴史のなかで空しくなった人々があったことを思い、鎮魂の寂寥感が去来したのではなかろうか。

偶然とはいえ、虚子は、〈春の山屍を埋めて空しかり〉の一句を残した直後に亡くなったという事実に驚く。

木の芽

歳時記の「木の芽」に虚子の例句を探すと、『風生編歳時記』には、〈木の芽伸ぶきのふ驚き今日驚き〉（昭和二九年）があり、『新歳時記』（増訂版）は、〈芽ぐむなる大樹の幹に耳を寄せ〉（大正一五年）を挙げている。『日本大歳時記』や『図説俳句大歳時記』（角川書店）、『角川俳句大歳時記』などの大冊の歳時記では、いずれも、〈大寺を包みてわめく木の芽かな〉（大正二年）を挙げている。『虚子自選句集（全四冊）』（河出文庫）は、「明治二四年から昭和二〇年迄の全句稿の中から今度新たに自選したもの」という虚子の序文があるが、その「木の芽」の項を見ると、二七句収録されている。その最初の三句は、「大寺を」を含む大正二年の作である。

その三句とは、『年代順虚子俳句全集』第三巻（以下『年代順』と略記する）にも見ることができる。大正二年とは、虚子にとって大変大きな意味を持つ年であった。明治四〇年代の虚子は、ほとんど小説写生文に没頭し、「ホトトギス」の内容も文芸雑誌的色彩を濃くしていた。例えば『年代順』第二巻を見れば、四一年は、八月の一カ月間は毎日、「日盛会」という句会を精力的に行い、その前後にも「蕪むし会」を何度か行っている記録があるが、四二年にはただ一句のみ、四三年も一句、四四年、四五年の項には、全く俳句を残していない。元号が大正と変わった七月以降に一二句があるのみである。

虚子が、このように過ごしたなかで、いわゆる新傾向俳句が次第に勢いを高めており、看過できない状況となっていった。大正二年、虚子は敢然と「守旧派」を宣言し、新傾向俳句に反対を唱えることになったのである。

『年代順・大正時代』の大正二年の項の冒頭に、「暫くぶりの句作」という文章がある。これは、上に述べた経過のなかで、大正二年一月に虚子庵で仲間と俳句会を行った経緯から、二月末までの何度かの句会での俳句とその句についての自解が述べられている。

〈大寺を包みてわめく木の芽かな〉は、このような背景のなかで生まれた句で、虚子は、「大寺の周囲の森が一時に木の芽を吹く時の力を言ったのである。『叫喚く』といふ言葉の適否は問題となるであらう。」と自解している。

「暫くぶりの句作」には、「大寺を」の句に先行して、有名な〈霜降れば霜を楯とす法の城〉や〈春風や闘志いだきて丘に立つ〉という句がある。「之も彼の『法の城』と共に現在の余の心の消息である。」と、虚子は書く。新傾向俳句に立ち向かう虚子の姿勢と読まれる所以である。

陽炎

「陽炎」は、『新歳時記』に、「春、うち晴れた日に、地上、屋根等からちら〳〵と焔のやうに水蒸気の立騰るのをいふ。糸遊。」とあるように、この現象は、どこでも誰にでも、その時期に体験できる自然現象であるから、古くから和歌（『万葉集』では、「かぎろひ」）や俳句によく詠まれてきた。従って、どの歳時記を見ても、芭蕉の三句などを筆頭に江戸時代の俳句から今日にいたる多くの例句を見ることができる。

復本一郎『芭蕉歳時記　竪題季語はかく味わうべし』（講談社選書メチエ、一九九七）は、江戸時代の俳論書に、竪題（和歌以来の伝統的季題）と横題（俗語としての新季題）とが区別されていることに着目し、自らの造語として「竪題季語」を提案し、その本意を有賀長伯（一六六一〜一七三七）の『初学和歌式』の原文を掲げて解説を試みている。その一篇「遊糸《かげろう》」に、つぎの『初学和歌式』の原文を掲げている。

二月の末、三月の比、春日のどかなる空をみれば、糸のみだれたるやうの物のちか〳〵とみゆるをいふ也。これ春の陽焔也。かげろふのもゆるといふも陽焔の事也。あそぶいと、もよみ、あそぶいとゆふともよむ也。風たえてのどかなる心、相応也。あそぶいと、いふによりて、野遊にもよみ、又いとまなくてすぐる世（忙がしく過ごす日々）に、うらやましくもあそぶなどもいへり。

復本氏は、芭蕉の句〈かげろふの我肩にたつ紙衣哉〉を示して、「かげろふの我肩にたつ」とは、「本意」の「のどかなる心」を揺曳させつつも、実に大胆な表現とも言える、と鑑賞している。

復習のため、中村俊定校注『芭蕉俳句集』（岩波文庫）にあたれば、次の六句がある。

枯芝ややゝかげろふの一二寸　芭蕉
丈六にかげろふ高し石の上　同
かげろふの我肩にたつ紙衣哉　同
糸遊に結つきたる煙哉　同
入かゝる日も糸ゆふの名残かな　同
かげろふや柴胡の糸の薄曇　同

虚子の句について見れば、明治二八年から昭和二三年までの間に二三句残しているが、主な歳時記で虚子の句を採録しているのは、『新歳時記』の〈陽炎に包まれ遊ぶ子供かな〉や『ホトトギス新歳時記』の〈陽炎の中に二間の我が庵〉などがあるばかりである。意外なことだが、得手不得手ということであろうか。

紫雲英

紫雲英の花は、刈り取られた田んぼに作られ、春になると広々とした田に一斉に赤紫の小花がまるで絨毯を広げたような美しい景色を作る。筆者が初めて実感したのは、愛媛県今治市郊外の景色であったが、その後虚子の足跡を追って、九州の秋月城址を訪ねて路線バスに乗っていたとき、車窓に広がっていた紫雲英田が美しかったことを思い出す。

様子が分かってみると、新幹線の京都の旅の車窓にも見かけるようになったと、紫雲英は大人になってからの出会いばかりを書いているのは、生まれ故郷の北海道では、紫雲英を見た記憶がないような気がするからだ。

念のため、手元にある三分冊の谷口引一・三上日出夫『北海道植物教材図鑑』（北海道新聞社）を調べてみたがやはり記載がない。「チシマゲンゲ」というマメ科の植物があるらしいが、写真の姿はここで言う紫雲英ではない。花期は七〜八月と言うから、これは違うものであろう。また、千二百種を収録している『北海道の花』（北海道大学図書刊行会）にも、「チシマゲンゲ」はあるが、ゲンゲ、レンゲはない。

紫雲英は、中国原産で、日本に渡来した時期は、不明とするもの、室町期とするもの、江戸時代とするものなど、執筆者によって諸説があるが、紫雲英を田んぼに育て、春に田を鋤くときに一緒に土中にすきこみ肥料としたのは、江戸時代半ば以降のことであるらしい。マメ科だから根に寄生する根粒菌が植物に大切な窒素を生み、茎や葉は緑肥となるので稲作にとって大切な存在であった（柳宗民『柳宗民の雑草ノオト』毎日新聞社）。

このように親しい存在であった紫雲英が最近はあまり見かけなくなったが、杉本秀太郎氏は、『花ごよみ』（平凡社）のなかで、「蓮華草」と題して、こう書いている。

げんげ畠がなつかしいと言えば年恰好の見当がつく。
かつて、春の京の町は、げんげ畠と菜の花畠に囲まれた盆地のまんなかに寝ころんで、歴史の手枕にあたまを支えられ、睡い目をうっすらと見開いていた。

菜の花や淀も桂も忘れ水　池西言水

げんげ畠も、菜の花畠も、次第に減りつつあったとはいうものの、およそ昭和三五年（一九六〇）あたりまでは、ちょっと春の洛外に出て上賀茂、紫野、一乗寺、修学院、西院、嵯峨、南九条を歩けば、紅さしお白粉のげんげの野にも、官能をくすぐる菜の花の匂いにも、あちこちで遭遇することができた。

と述べて、げんげを摘もうとして踏み入った田んぼに運動靴がめりこんだことや、女の子に上げたいと、げんげを摘んで三つ編みの輪をこさえたことなどを懐かしんでいる。

湯浅浩史氏の『植物ごよみ』（朝日選書）の「レンゲの背景」によれば、レンゲは昭和三十年代までは、春の風物詩であったという。それが衰退したのは、一つには化学肥料の普及があり、もう一つは、田植えの時期の変動であるという。紫雲英を田にすきこんでも、これが分解し有機質の肥料となるのに一カ月以上の時間がかかり、稲作技術が進んで、田植えの時期が早まると、紫雲英は間に合わなくなったというのである。今や、紫雲英田は、休耕地の観光用になっている。紫雲英の俳句にもどるが、虚子の句に、

秋篠はげんげの畦に仏かな　虚子

がある。この句は、昭和一〇年五月一日、大阪玉藻句会の奈良吟行に参加したときの作である。この当時は、秋篠寺の周辺に、まだまだ紫雲英野の広がりが見えたのだろう。のびやかな色彩感のあふれた一句だと思う。

実はこの一句は、虚子の『句日記』の第一巻にあり、巻末の季題索引によって見付け出したのだが、思わぬ戸惑いがあった。

まず『新歳時記』（増訂版）の「紫雲英」の項を引用する。

紫雲英　紅紫色の花が田の面や畝々に吹きひろがつた景色は田園の春の趣深いものの一つである。この軟い苗を油でいため塩や胡椒を加へて食ふことも出来る。一般に肥料として春田に栽培する。五形花《げげばな》。げんげん。蓮花草。

となっており、五形花以下は、いずれもゴシック体で傍題である。この三つの傍題のなかでは、五形花はあまり馴染みがなく、筆者の頭にもしっかりとは収まっていなかった。ところが、虚子『句日記』第一巻の季題索引の見出しは、何故か「五形花」であった。『句日記』の季題索引を作るというようなこまかな時間の掛かる作業は、当然虚子の側にあって、虚子をよく知る人が手伝っていたのであろう。主題として掲げている「紫雲英」でも、例句に使われている「げんげ」でもない、「五形花《げげばな》」を索引に選んだ理由の見当がつかない。筆者は、季題索引の春の花の季題がならぶ辺りを何度も行ったり来たりして、ある瞬間、はっと「五形花」に目が止まったのであった。こうして見つけた虚子のこの句は、虚子が紫雲英を季題として作った、生涯たった二句の最後の句なのである。『風生編歳時記』には、「五形花」を採録していないが、『日本大歳時記』（講談社）では傍題としている。『日本国語大辞典』を調べると、用例の最初に、俳諧・冬の日（一六八五）「県《あがた》ふるはな見次郎と仰がれて〈重五〉五形菫《ゲンゲ》の畠六反〈杜国〉」を示している。

「俳諧・冬の日」は、貞享元（一六八四）年一〇・一一月、「野ざらし」の芭蕉を迎えて名古屋で興行された『冬の日尾張五哥仙』のことであるが、その第三に、「霽の巻」（しぐれと読む）があって、発句は〈つゝみかねて月とり落す霽かな　杜国〉、脇句〈こほりふみ行水のいなづま　重五〉に始まる初折の裏の最後の二句が、

県ふるはな見次郎と仰がれて　重五
五形菫の畠六反　杜国

である。この五形を「げんげ」と読むのである。

「國文學　解釈と教材の研究」の増刊号『古典文学植物誌』（學燈社、二〇〇二）は、紫雲英《れんげ》が文献に多く現れるようになるのは、江戸時代中頃からであると述べ、貝原益軒の『大和本草』（一七〇九）に「京畿ノ小児コレヲレンゲバナト云、（略）取アツメテ其茎ヲク、リ合セ玩弄トス（以下略）」を紹介している。『角川俳句大歳時記』の示す文献では、『俳諧通俗志』をまず挙げているが、これは享保二年（一七一七）の序文を持つものである。

従って、俳諧の季題として流布するのは、この時期からと思われる。安東次男『芭蕉連句評釈（上）』（講談社学術文庫）にも指摘されているが、『冬の日』の「五形」の時代は、季節の花ではある

が、季題の意識はなかったのである。それ故、山本健吉『芭蕉全発句』（講談社学術文庫）の編集に当たって追加された「季語索引」を調べると、芭蕉にも「げんげ」や「れんげそう」の句がないのである。

雲雀

手元にある山谷春潮『野鳥歳時記』（冨山房百科文庫）を繙けば、いきなり「俳句を作るほどの人で雲雀を知らぬ人はあるまい。したがってこの鳥については詳しく説明をする必要もない。（以下略）」と、まことにそっけない書き出しである。確かに、誰でも一度や二度は見たことがあると言えようが、それは遠き日の記憶を含めてのことであって、雲雀の囀りや揚雲雀を日常的に見るには、それなりの広い野原や畑、川原などが身近にあるという環境が必要であろう。昨今では、やはりその時期に、そのつもりになって、しかるべき場所を選んでという手順を踏まねば体験することができないだろう。この書き出しが素直に受け入れられたのは、本書の当初の初版発行が昭和一八年であったということにあろう。言い換えれば、本書は出版社を変えたりしながら今日まで、息長く読まれ続けていて、筆者の手元にも届いた歳時記なのである。

雲雀について調べれば、先ず『万葉集』にある大伴家持の作という、〈うらうらに照れる春日にひばり上がり心悲しもひとりし思へば〉（四二九二）に出会うから、日本では古くから親しい鳥であったことが分かる。また、かつては鳴き声が良いことから飼い鳥としてきたことも、雲雀笛、雲雀網、雲雀籠などの語から分かる。江戸時代には、公方様のお鷹狩りで捕らえられた雲雀が、諸大名に珍味として食用に供されたという記録があるという（加藤郁乎著『江戸俳諧歳時記』平凡社ライブラリー）。俳句では、芭蕉の「笈の小文」に、大和の多武峯から吉野へ越える途中で詠んだ、〈雲雀より空にやすらふ峠哉〉がよく知られている。

虚子の雲雀の句は、『年代順虚子俳句全集』四巻を調べると、明治二七年に二句、二八年に二句、二九年一句と若い時期から親しんでいる季題であることが分かる。特記すれば、二八年の句の一つに、「明治二十八年二月十七日子規従軍送別。」の詞書があり、子規が日清戦争の従軍記者として出発するときの送別の一句、

ひばり立や小松の中の麦畑　虚子

がある。

少し飛んで、同三六年一句、三九年四句、四〇年一句と、明治時代に一一句である。

このなかで、三九年にある四句には少し事情がある。当時は、「一題十句」といって多作を試みる句会の形式が流行っていた。これは、蕪村に習って、子規が明治二九年に、「牡丹十句」を作ったことが始まりだと、虚子は伝えている。虚子は、「俳諧散心」という句会を起こし、明治三九年三月一九日に虚子庵で第一回を始め、翌四〇年一月二八日まで、四一回続けているが、その第一回の第一句会の題は「草芳し」で一〇句、第二句会は「霞」一〇句、さらに第三句会が「雲雀」一〇句なのであ

った。虚子が、そのときの雲雀一〇句から今に残しているのが次の四句である。

雲雀立つ人屋の外のあら野かな　虚子

曠野には石に住むらん雲雀かな　同

砂浜のいづこに落ちし雲雀かな　同

雲雀野や道連れ出来る寺参り　同

『年代順虚子俳句全集』の大正時代には三句あるが、昭和に入ってから五年四月までは句例がない。大正一三年二月一一日の東大俳句会での句を紹介しよう。この句会は、いつも題詠である。ちなみに、当日の出席者一〇名のなかから目に付く人を挙げておくと、誓子、素十、秋桜子、青邨など、後に名を上げる錚々たるメンバーがいる。

雲雀野やこゝに広がる多摩河原　虚子

『句日記』に移れば、昭和七年に五句。うち三句は、武蔵野探勝会の多摩川吟行のときの句である。その後は、同八年に一句、二五年に一句。虚子が世に残そうとした「雲雀」の句は、以上の二一句であって、あまり多くはない。

さらに厳しく自選して世に発表した句集を見ると、昭和二年六月に刊行した『虚子句集』（春秋社）、これは、序文に虚子の花鳥諷詠論の講演録があって貴重な句集であるが、この句集には、明治、大正の一四句から、

城跡や井戸の中より揚雲雀　明治二九年

曠野には石に棲むらん雲雀かな　　同　三九年（注：『年代順』では、中七「石に住むらん」）

の二句のみを収録している。

虚子の自選句集は、昭和一二年に『五百句』（改造社）を出し、その後『五百五十句』（桜井書店）、『六百句』（菁柿堂）、『六百五十句』（角川書店）と続くが、これらの句集には、「雲雀」の句はない。『虚子五句集（下）』（岩波文庫）所収による『七百五十句』にもない。

筆者が利用している、『新歳時記』の「雲雀」の項に虚子の句を調べると、昭和九年の初版の例句には、〈城跡や井戸の中より揚雲雀〉があるが、同一五年の改訂版では自作の句は削除し、採録していない。しかし、同二六年の増訂版では、〈夕尚あがる雲雀のある許り〉（昭和七年）を収録している。「夕尚」の句には、「昭和七年三月十六日。東京女子大学生徒来る。発行所。」と詞書があるから、丸ビルのホトトギス発行所に思いがけない来客を迎えて、早速題詠の句会があったのであろう。大虚子の前で、少し緊張しながらも、賑やかで明るい女子大生を前にして、このように、のびやかな春の夕景のなかに飛ぶ雲雀の姿を描いた一句は、虚子のやさしい心遣いを見せていると思える。

それにしても、このように歳時記の改版毎に、しっかりと採録の例句を見直している、虚子の姿勢に驚く。

卒業

卒業は、『日本国語大辞典』を当たれば、「①一つの事業を完了すること。②学校で、所定の学業課程を学び終えること。また、学び終えて学校を去ること。③思想の発展、技術の習得などで、ある段階を完了すること。」と、三つの意味を示している。

季題としての「卒業」は、当然に上記の②に当たる。『学校用語辞典』（ぎょうせい）の「卒業」の項に、「学校が予定する全課程を修了し、在学関係が終了することを卒業という。」とあり、卒業を認定したものには、校長は卒業証書を授与しなければならないから、授与の場として「卒業式」が行われる。

卒業といえば、小学校・中学校、或いは高校・大学、またその他の学業の場であれ、誰でもそれぞれに、それなりの思い出があろうから、殊更に上述の如き定義などを引用することは無意味なのかもしれない。通学の道筋、校舎・教室の様子や諸行事、恩師・友人、遊びやスポーツ。四季折々のこれらのことどものなかには、自分の生涯の一番大切な記憶となったこともあるにちがいない。そう思えるのも、卒業式という区切りの儀式があってこそではなかろうか。

卒業式といえば、「蛍の光」と「仰げば尊し」という二つの歌が思い出される。「蛍の光」は明治一四（一八八一）年の『小学唱歌集初編』（文部省）に、「仰げば尊し」は明治一七（一八八四）年の

『小学唱歌集第三編』に収録されたが、「仰げば尊し」は作詩・作曲者ともに不詳とされるのに対し、「蛍の光」は、作詞者不詳ながら原曲はスコットランド民謡と記録されているから、その由来を調べることができる。

「蛍の光窓の雪」と始まる歌詞の作者が不詳とされているのは、当時の音楽取調掛の学者たちがあれこれ意見を出し合って作ったから一人に特定できないということらしいが、原曲は、「Auld lang syne」（注：Old long since）という題を持つ。『世界民謡全集（4）イギリス篇Ⅱ』（音楽之友社）によれば、「名残りに」と邦訳されているその原曲は、卒業式の別ればかりではなく、広く親しい人との別れに歌われるもので、その歌詞の第一行から「Should auld acquaintance be forgot（親しき友だち忘れはせず）」として、親しまれているものであるという。

池田潔『自由と規律』（岩波新書）は、イギリスのパブリックスクールの一つ、リース校での体験が基になって書かれたものである。同書によると、リース校では学年度の終わりの暑中休暇の直前に、スピーチ・デーという三日間にわたる特別な行事が行われる。その最後の夜は、年に一度の晩餐会の後、音楽会があって真夜中一二時近くに終わる。その後、教師も全学生も校庭に出て芝生を囲み、手をつなぎ合って大円陣を作ると、全ての灯火が消され芝生に大篝火が焚かれる。と、古くから伝わる「カーイエティー」というギリシャ語の大合唱が起こり、次いで「蛍の光」が歌われるのだという。篝火の傍らに校長と夫人が立つと、リーダーが走り出て、校長の名をよび万歳の音頭を取る。「ヒップ・ヒップ・フレー」の大歓声が周囲の森にこだまする。以下原文を引用する。

少年達よ、ありがとう、多幸を祈る、校長と夫人は邸に向って帰ってゆく。微動もせず佇立したまま全学生はその後姿を目送している。

これは学校によって公式に制定された儀式ではない。いつの頃かに始まってそのまま年々続けられている一つの伝習に過ぎない。が、別に卒業式というもののないこの学校では、これが卒業式といえるかもしれない。真夜中のただ十分間、簡素ではあるが、少年の胸には忘れ難い強い印象を遺す行事である。温情と感謝と厳粛さとそして適度の感傷と。卒業式はそれで足りるのではないか。

「個々の学生が学校生活に精進するため心身共に常に最善の状態にあることにたいして個人的な責任を負っている」パブリックスクールの校長と感謝の別れを告げる学生。なんと素晴らしい光景かと感動を覚える。

鳥交《さか》る

「鳥交る」という季題について『新歳時記』(増訂版)は、「鳥は年に一回春に発情する。鳥が囀ったり、毛色が変ったりするのは皆異性を誘ふためである。雀の交るのなどはよく目に触れる。」と解説するが、例句は三句のみであり、傍題は一切示していない。と、いささかしつこいように書いたのは、この現象は自然界のごく当たり前の事実ながら、鳥交ると具体的に俳句に詠むとなると、さてどうであったかということになるのではなかろうか。意外に詠まれていない季題なのである。

『風生編歳時記』は、「鳥交る」を立項し、傍題に「鳥交む《つるむ》」がある。例句は四句。

さらに具体的に、手元にある季題別句集を調べてみると、こんなことが分かる。

・高浜虚子『年代順虚子俳句全集』全四巻および『句日記』全六冊に、「鳥交る」の句は一句もない。
・『ホトトギス雑詠選集』(朝日文庫)には、一句のみある。
・『久保田万太郎全句集』(中央公論社)は、一句もない。
・『季題別清崎敏郎集』(ふらんす堂)にも、一句もない。
・『季題別行方克巳集』(ふらんす堂)も、一句もない。
・『季題別西村和子句集』(ふらんす堂)にもない。
・『季題別石田波郷全句集』(角川学芸出版)に、「雀交み」の一句。
・『季題別飯田龍太全句集』(角川学芸出版)には、「鳥交る」の傍題とされる「雀の恋」「恋の鳥」の各一句がある。

虚子以降波郷までの句集では、龍太の使った傍題の「鳥の恋」系の句もまったくないから、「鳥交る」という季題は、「囀」などとは違い、具体的に見たことや実感がなく、なかなか詠みにくい季題なのかと思われる。

今回調べた歳時記の五冊ものでは、一番古いものは昭和八年一〇月刊行の『俳諧歳時記　春』(但し筆者の手元にあるのは昭和二二年五月復刻版)で、これは虚子が編集を担当したものであるが、「鳥交る」を立項し、傍題には「鳥つるむ」「鳥つがふ」「鳥の妻恋」を挙げている。つるむ・つがふは「鳥交る」と同系であり、「鳥の妻恋」はここでは異色であるが、この後の「鳥の恋」系のはしりとして珍しい。そのためか、同書の例句にはその使用例が示されていない。

その後の五冊ものをいくつか調べると、先ず、昭和三九年刊行の『図説俳句大歳時記』では、「鳥交る」を立項し、傍題に「鳥つるむ」「雀交る」「鳥つがふ」「鳥の妻恋」「鶴の舞」を挙げる。しかし、例句二一句のうち、「鳥交る」系の句が一八句、「鳥の妻恋」系は三句とまだ少ない。

山本健吉編『最新俳句歳時記　春』（文春文庫）は、「鳥交る」を立て、「鳥つるむ」「雀交る」のみを傍題とし「鳥の恋」系は示していない。これは編者の一つの判断であろう。勿論例句はない。

これより数年遅れて、『日本大歳時記』が刊行される。当初はカラー図説入りの五冊ものであるが、これを一冊化し、さらにカラー図説を外した使いやすい形のものも出しており、筆者は、日頃これを愛用しているので、それに従えば、「鳥交る」を立項し、傍題は「鳥つるむ」「鳥つがう」「鳥の妻恋」「雀交る」「鶴の舞」である。例句は一八句のうち「鳥交る」系が一三句、「鳥の恋」系は五句とやや増えてくる。

最後に、二〇〇六〜〇七年に刊行された『角川俳句大歳時記』を見てみたい。「鳥交る」の立項は変わらないが、傍題が「鳥つるむ」「雀交る」「鳥つがう」「鳥の妻恋」「鶴の舞」「鳥の恋」「恋雀」と断然、「鳥の妻恋」系の傍題が増えている。

従って、例句も全二五句中、「鳥の妻恋」系が一六句、「鳥交る」系が九句と大きく逆転している。

生活のなかで、鳥の実際の姿を見る機会が少なくなっているという事実を考えれば、「鳥交る」の句があまり詠まれなくなって、「鳥の恋」の句が増えつつある事情が分かる。

朧

「朧」という季題の本意は、例えば、虚子編『新歳時記』の解説に、「春の夜の朦朧と物が霞めるやうに見ゆるのをいふので、霞と同じやうに、月のみに限らず鐘の音、渓の音などの柔かにぼうと聞ゆることにもいはれる。」とあって、春の昼の霞に対して、夜の同じ様子をいうものと分かる。

光景が朦朧と霞んで見えるのは、空気中の水分が凝結して微細な水滴のまとまりとなって空中を漂うからであるが、気象学では、基本的には雲も霧も靄《もや》も同じものである、と説明する。違いは、雲は空気中に浮かんでいて、平地であれ山頂であれ大地に接していないものであり、霧や靄は大地に接している。霧は、見通せる距離が一キロメートル未満の状態をいい、靄は、一キロ以上見通せるときをいうと説明される。つまりここでは季節を問うていない。また、霞ではなく、靄という語が使われる。

言葉の意味、由来、使われ方を的確に知りたいとき、必ずあたるのは『日本国語大辞典』である。その教えるところによれば、もや〔靄〕の項には、気象上の説明があって文学的な使われ方は、近代になっての用例のみである。霧については、気象上の説明とともに、万葉以来の用例を示しつつ、「古くは四季を通じて用いたが、平安時代以降は春立つものを霞《かすみ》、秋立つものを霧という伝統的季節美の概念が成立した。」と明確に由来が説かれている。朧には、第一義に、「霞や雲などによって、月や山などの景色がぼんやりかすむさま。」と説明し、『伊勢物語』の「月のおぼろなるに」とか、『源氏物語』〈澪標〉の「月おぼろにさし入りて」や俳諧の用例が示される。このような文学的な経緯によって、昼の霞や夜の朧は、春の季題となった。

朧は、殊にその情趣纏綿たる気分が芝居の背景として好まれた。戸板康二『季題体験』〈富士見書房〉の「朧」の項には、〈朧夜の伊達にともしぬ小提灯　虚子〉などの例句を挙げた上で、歌舞伎でお馴染みの、「三人吉三」のお嬢の名セリフ「月も朧に白魚の篝もかすむ春の空」や五郎蔵の「空も朧に薄墨の絵にかくさまや待乳山」〈「御所五郎蔵」〉が引かれているし、服部幸雄『歌舞伎歳時記』〈新潮選書〉の春の章にも「三人吉三」が挙げられている。矢野誠一『芝居歳時記』〈青蛙房〉では、新派名狂言として、「朧」の項に泉鏡花の「日本橋」を挙げる。これは見たことがないのだが、第一幕第一場「一石橋の朧月」は、「三月四日の夜。十一時半頃。おぼろ月。」という設定。医学士葛木が欄干に凭れ辺りを見回して紙包みを川に投ずる。雛壇から下げた蛤と栄螺を放生したのであるが、巡査が見とがめて職務質問を始める。そこへ檜物町の芸者が現れて、と新派らしい舞台が始まる。以降にご関心の向きは一読を。

春眠

「春眠」と言えば、誰もが「春眠暁を覚えず」という成語として覚えているであろうが、いつ覚えたかと聞かれると、さて、と答えに窮するほどに耳慣れた言葉である。どの歳時記の解説にも、唐の詩人、孟浩然の「春暁」と題する詩によると紹介している。念のため『漢詩の事典』（大修館書店）から引いておこう。

春眠不覚暁　　春眠　暁を覚えず
処処聞啼鳥　　処処　啼鳥を聞く
夜来風雨声　　夜来　風雨の声
花落知多少　　花落つること　知る多少

孟浩然（六八九〜七四〇）は、科挙に合格できず官職を得られないまま、各地を放浪し、郷里近くに隠棲したりして暮らした。王維や李白らと交遊があり、自然描写に優れたという。古くから用例のある語のように思えるが、『日本国語大辞典』では、歌舞伎の「問われて名乗るもおこがましいが」のセリフで有名な、「青砥稿花紅彩画」（白浪五人男）の大詰の「春眠暁を覚えずと、昨夜の夢の覚めやらで、山さへ眠る春の夜に雪と見紛ふ花盛り」という用例を挙げているから、このあたりから親しまれた言葉なのであろう。

山本健吉『基本季語五〇〇選』に、季語としてはごく新しく、大正一四年八月刊、今井柏浦の『新校俳諧歳事記』に見える、とあるが、虚子選の『ホトトギス雑詠選集　春の部』（朝日文庫）に掲載されている「春眠」の句を見ても、大正九年の久女の〈鬢掻くや春眠さめし眉重く〉がもっとも古い例句である。虚子の句を調べても、昭和一一年四月にドイツで作られた〈春眠のケルンの寺の鐘が鳴る〉が最初にあるから、確かに新しい季題である。

金の輪の春の眠りにはひりけり　　　虚子

の句は、『句日記』昭和一七年に、「四月二十四日。丸之内倶楽部俳句会」と添え書きがあるので、おそらく題詠であろうが、なぜ「金の輪」なのか、不思議な句であると思う。

春暁のふっと目覚めて、そのままた寝入ったときの、金色に包まれたような心地よい眠り。六八歳の虚子に、そのときなにが見えたのであろうか。童心であろうか、仏心であろうか。

小川未明の童話「金の輪」（大正八年一二月・南北社発行『金の輪』所収）は、長い病の癒えた太郎が、庭先に出て、向こうの道を金色に輝く輪をふたつ、輪回しして行く少年を見て、次の日もまた同じ光景に出会い、もう一度会えたら友だちになりたいなと思いながら見送ったのだが、太郎はその翌日にまた床に臥すことになり、二、三日後に七つで亡くなってしまう話である。未明は長男を五歳、長女を一一歳で亡くしたあとにこれを書いているから、あの世での幸せを願った作品であろう。虚子にも幼児を亡くした体験がある。

あるいは仏画の、阿弥陀様を金の輪が包んでいるお姿を夢見たのかもしれない。

桜餅

この季節になると、つい桜餅を買い求める、大好きな方も多いであろう。誰でもよくご存じの餅菓子。桜餅は、いまさら説明は不要であろうが、試みに『日本国語大辞典』の解説を紹介するとこうある。「〔一〕小麦粉を水に溶いて薄く焼いた皮で餡《あん》を巻き、塩漬けにした桜の葉で包んだ菓子。もとは小麦粉の皮に小豆餡を包み、塩漬けにした桜の葉でおおって蒸した。小麦粉にかえて、もち米をついたものを用いることもある。」とあり、「［二］歌舞伎脚本『都鳥廓《みやこどりながれの》 白浪《しらなみ》』の俗称。」とつづき、補注に、「桜の名所、江戸向島の長命寺の門番、山本新六の考案と伝える。享保二（一七一七）年に売り出されて花時の名物となり、各地に広まった。」「小麦粉を主原料にした関東式と、道明寺糒《ほしい》や餅米を使った関西式がある。」と説明されている。

桜餅が享保二（一七一七）年に売り出されたという事実については、奥山益朗編『和菓子の辞典』（東京堂出版）にも同じ記述があり、また『芝居歳時記』が引用している本山荻舟の『飲食辞典』（平凡社）にも同じ記録があるというから、間違いのないところなのだろう。

佐伯泰英の「居眠り磐音 江戸双紙」シリーズを愛読しているが、その二五巻『白桐ノ夢』（双葉文庫）に、長命寺の桜餅が出てくる。明和年間の頃のことである。主人公磐音と猪牙舟の船頭がこんな会話を交わしている。

「近頃売り出されたようじゃな」「いいえ、そうじゃございません。八代吉宗様のお声がかりで植えられた桜が大きく育ち、享保辺りから、季節ともなると花見客が墨堤に集まるようになりましてね。それを見た長命寺の寺男の山本新六って人が知恵を働かせ、花見客相手に桜餅を工夫して売り出したのが最初でさあ。ですから、かれこれ五十年も前からございますので」ということで、人口に膾炙されるようになったのは、文化文政期（一八〇四〜一八三〇）以降のことだ、とある。

『都鳥廓白浪』は、河竹黙阿弥の作で、安政元（一八五四）年三月に初演されたが、通称「忍ぶの惣太」「桜餅」というのは、忍ぶの惣太が幕開きで桜餅を売っている場面があるからで、京都の吉田家の旧臣山田六郎が忍ぶの惣太に身をやつして東に下って、隅田川の辺で桜餅屋を営んでいるという設定である。桜餅の繁盛を見計らっての芝居であろう。

『図説俳句大歳時記』の桜餅の考証に、『嬉遊笑覧』（文政一三〈一八三〇〉年）「近年、隅田川長命寺の内にて、桜の葉を貯へ置きて、桜餅とて、柏餅のやうに葛粉にて作る。初めは粳米にて製りしが、やがてかく変へたり。」と引用しているが、この近年ということも、歌舞伎の「桜餅」と同じく、この時期に流行したことを述べていることになる。

滝沢馬琴が編纂した『兎園小説』（日本随筆集成、吉川弘文館）は、友人らとはかり、文政八（一八二五）年に始めた、毎月一回集まり、互いに奇事異聞を持ち寄って披露する会合の記録であるが、このなかの一編に「隅田川桜餅」と題するものがあって、しばしば桜餅のエッセイに登場してくる。上掲書の記録に従って引用すれば、

去年甲申一年の仕入高、桜葉漬込卅壱樽、（但し一樽に凡二万五千枚ほど入れ、）葉数〆七拾七万五千枚なり（但し餅一つに葉弐枚づゝなり。）此もち数〆卅八万七千五百、一つの価四銭づゝ、この代〆千五百五拾貫文なり。金に直し弐百廿七両壱分弐朱と四百五拾文、（但し六貫八百文の相場、）この内、五拾両砂糖代に引き、年中平均して、一日の売高四貫三百五文三分づゝなりといへり。

とあって、桜餅は二枚の葉で包まれていたという。但し、探し出した幾つかの文献には、長命寺の桜餅は三枚の葉で包まれていたという体験を記述している文もある（渡辺保『芝居の食卓』柴田書店など）。時代時代で変わったのか、あるいは、長命寺門前の桜餅屋は何軒かあって、店によって違って

いたのか。たとえば、『居眠り磐音』の件のところに、当時は元祖山本屋と名物大黒屋があって、船頭に「わっしは、大黒屋の桜餅が好みでさあ。」と語らせている。

虚子の句の、

三つ食へば葉三片や桜餅　　明治三七年

は、諸歳時記に採録されており、『図説俳句大歳時記』の考証によれば、明治三五年発表のこの句は桜餅の俳句の初出であるという。但し、『年代順虚子俳句全集』第一巻には、明治三七年の「五月『ホトトギス』第七巻第八号に「春雑詠」四十一句を載す。其うち」と記して、一一句を収録してあるが、そのなかにこの桜餅の句があるので、明治三七年作と分かる。虚子の桜餅は、一枚の葉に包まれていたのである。後の句に、

桜餅買うて竹屋の渡舟無し　　昭和八年

がある。これは長命寺の桜餅と思われる。

また虚子の句に、

桜餅の皿廻り来ぬ廻しけり　　昭和一一年

があるが、これは虚子の『渡仏日記』（改造社）に出てくる。フランスへ旅立つ虚子の国内の停泊地ごとに、歓送句会があり、この句は、神戸の花隅という高級料亭街の吟松亭であった句会に投句され

たものである。同席していた長男としをには、〈桜餅とりたるをたゞ紙に置く〉があり、虚子の旅行に同行した章子の句は、〈生れたる姪を思ふや桜餅〉である。

虚子はこのとき、〈九人目の孫も女や玉椿〉の一句を残した。虚子が防子と命名した五女晴子の長女であるが、昭和一六年九月に没した。虚子の墓碑に並ぶ紅童女である。

春惜む

行春を近江の人とをしみける　芭蕉

筆者が日頃手にする『新歳時記』（増訂版）では、「春惜む」と立項し、「過ぎ行く春を惜む。華かな春・行楽の春が惜まるゝのである。一種の物淋しさがある。」と解説し、傍題に「惜春」を挙げて、例句の最初に、

望湖水惜春
行春を近江の人とをしみける　芭蕉

と、詞書を付けて採録している。ここで大切なのは、「望湖水惜春」という詞書である。虚子は、「湖水ニ望ミテ春ヲ惜ム」という詞書の意を重視したかったのであろう。

新潮日本古典集成『芭蕉句集』（新潮社）では、この句の出典は、『猿蓑』とし、「望湖水惜春」詞

書とともに、

行く春を近江の人と惜しみける

の句を挙げ、さらに「真蹟懐紙」には、「志賀唐崎に舟を浮べて人々春を惜しみけるに」という詞書とともに、

行く春や近江の人と惜しみける　芭蕉

という形の句もあることを紹介している。

『新歳時記』では、春の部の最後は、「行春」「暮の春」「春惜む」の順に季題を挙げて、「春」の部を終わっているから、芭蕉の掲出句は、もし詞書がなかったら、上五に「行春を」とあるから、例句の分類としては、「行春」の方に仕分けられたであろう。

実際、手元にある歳時記を見ると、『風生編歳時記』を初め、『日本大歳時記』、『角川俳句大歳時記』、『合本俳句歳時記』など、いずれも「行く春」の季題の例句として、この句を詞書なしに挙げている。

『角川俳句大歳時記』の「春惜しむ」の解説の「考証」の項に、『和漢朗詠集』に「惜春」の題で所出、とあるので調べてみると、新潮日本古典集成『和漢朗詠集』（新潮社）には、巻上の「春」の部の題に「行春」や「惜春」はない。ただ、「三月尽」の題に挙げてある漢詩や和歌のなかに、次の和歌二首がある。

花もみな　散りぬる宿は　ゆく春のふる里とこそ　なりぬべらなれ　　貫之

またも来む　ときぞと思へど　頼まれぬわが身にしあれば　惜しき春かな　　貫之

二首目の最後に、「惜しき春かな」とあるが、これには校注者の注として、「惜しき春かな」は、底本では「をしくもあるかな」であるが、他系統本により訂す、とある。

確かに、何冊かの『和漢朗詠集』を調べたが、「惜しくもあるかな」とするものが多い。だが、その場合でも、各校注者の訳は、たとえば「春はまた来年もめぐってくるが、それまでたのみにならぬ病む我が身にとっては今年の春のわかれは惜しい限りである」（川口久雄校注、日本古典文学大系　岩波書店）と、春を惜しむ歌と解釈している。

それは、この和歌の出典、新日本古典文学大系『後撰和歌集』（岩波書店）巻第三・春下を見れば、この和歌の詞書として「やよひのつごもりの日、ひさしうまうで来ぬよし言ひて侍文の奥に書きつけ侍ける」とあるから、春を惜しむ心と理解できる。

貫之は、この年九月に亡くなったから、最後の春を詠んだ歌なのであった。

『和漢朗詠集』は、藤原公任の撰により、寛弘九（一〇一二）年頃の成立とあるから、詩歌の上では、古くから「三月尽」の題に、「行春」や「惜春」という、去りゆく春を惜しむ心情が詠まれていたことが分かる。

「三月尽」という題が出たので、付け加えておきたい。

『和漢朗詠集』の「秋」の部に「九月尽」という題が出てくるが、「夏」と「冬」には、これに類する題はない。

これは、日本の文学では、古くから春と秋とを比較して、その情趣の好みを争う「春秋の争い」という伝統があると言われていることの例証の一つであろう。『新歳時記』に、「行春」「行秋」は立項されているけれども、夏と冬にはこうした季題がないのは、同じ思いがあるからではなかろうか。

話はそれるが、最近、俳句の世界では、月の終わりという意味で、何月尽と、どの月にも尽を付ける例を見かけるが、『和漢朗詠集』の伝統に従えば、「三月尽」と「九月尽」、それも本来旧暦として使うべきものと考えられるので、ちょっと手を出しにくい季題なのだと思える。それ故にか、『新歳時記』には、「尽の付く月」の季題は、一切採録されていない。

蝌蚪

「蝌蚪」という季題は、『新歳時記』を繙くと「蛙は春水中に卵を産む。その卵は紐状につながつて長いものもあり又単卵のものもあるが、大抵十日くらゐで孵化し、お玉杓子となつてひよろ〳〵と泳ぎ出す。中々滑稽味があつて愛らしい。だん〳〵四足の形が出来て来て尾がとれると蛙となる。蛙の子。」とあり、「蝌蚪」が主季題、「お玉杓子」「蛙の子」を傍題としていることが分かる。

おたまじゃくしと言えば、誰でも幼い頃、近所の田や池ですくって空きビンに入れてみたり、「おたまじゃくしは蛙の子、なまずの孫ではないわいな。それがなにより証拠には、やがて手が出る足が出る」といった歌を口ずさんだり、そんな体験を持ち、親しい言葉である。

しかし、なぜか俳句では、蝌蚪が主流である。手元の歳時記を見ても、『俳諧歳時記』を初め、『風生編歳時記』も『図説俳句大歳時記』、新しい『角川俳句大歳時記』など全て「蝌蚪」で立項し、「お玉杓子」が傍題である。

そのなかで、『日本大歳時記』は、「お玉杓子」を立項し、「蝌蚪」を傍題の一つとして、山本健吉の解説の後半では、「俳人は蝌蚪とも音読して用いている。あまり好ましいこととは思えないが、虚子が用い、俳人たちは滔々としてこれに従い、大勢如何とも抗しがたい。」と述べ、いわば悲憤慷慨といった感があるのがおもしろい。

風生編の解説にも、「俳人は、お玉杓子を『かと』と音読して一向あやしまないが、俳人以外は異様に感ずるらしい。」と書き、『角川俳句大歳時記』も、「蝌蚪の読みは、もともとカエルゴ。カトの読み方は俳人好みだが、いまや作例はこれが圧倒的に多い。」と認めている。

諸橋轍次『大漢和辞典』（大修館書店）を調べると、蝌蚪の「蝌」は、クワで、いきなり「蝌蚪は、おたまじやくし。」と出てくる。中国では、蝌斗または科斗であるらしい。「斗」ト・トウの第一義は酒などをすくう柄のついたしゃくし。

『日本国語大辞典』は、用例の一つが『荘子』〈外編〉の秋水編にあると教えている。その箇所を岩波文庫の金谷治訳注に頼れば、「科斗」は「かと」と読み、「おたまじゃくし」と訳している。

音読の蝌蚪のひびきは、大自然の運行に適うもので、〈天日のうつりて暗し蝌蚪の水　虚子〉は、「おたまじやくし」では収まりがつかないであろう。また、〈泣きやみておたまじやくしのやうな眼よ西村和子〉の幼き子への思いは、「かえるご」でも「蝌蚪」でも生まれ得まい。季題の選択は俳人の感性によって定まるものであろう。

桜貝

「桜貝」について『新歳時記』（増訂版）を見ると、「砂泥の浅い海に産する小形の二枚貝である。殻は光沢があり細い輪脈がついてゐる。桜色をしてゐるのでこの名があるといふ。殻は多く貝細工に用ゐられる。伊勢・瀬戸内海等に多い。」と、淡白な解説である。しかし、虚子が編集を担当した『俳諧歳時記　春』の季題の解説においては、「鎌倉由比ケ浜などでは、浪打際に貝殻が打上げられてあるやうな日ならば、一年中いつでもその中に必ず桜貝はある。しかしやはり春の頃が一番沢山にあるから、春のものになつてゐるのであらう。淡桃色ですき透つた小さい綺麗な貝である。桜の花弁のやうな感じであるところからこの名が起つたものであらう。沢山の貝の中に交つて乾いてゐるのや、波にひた〳〵と浸つて濡れてゐるのや、まだ二枚の貝が離れずに同じ形の美しい貝が繋がつてゐるのなどを、波打際で拾ふ時の気持はまたとなくよい。」と、かなり凝っている。

松本たかしは、鎌倉の浄明寺に住んでいたから、このような桜貝の体験をなんどもしたのであろう。『図説俳句大歳時記』には、三句も例示されている。

たかしを先師と呼ぶ上村占魚は、その『松本たかし俳句私解』（紅書房）のなかに、「たかしは桜貝が好きで小筥にたくさん集めていた」と伝えつつ、たかしの桜貝の句を紹介している。

春 寒 や 貝 の 中 な る 桜 貝　たかし

ひ く 波 の 跡 美 し や 桜 貝　同

二 三 枚 重 ね て 薄 し 桜 貝　同

紙 の 上 に 欠 け ざ る は な き 桜 貝　同

眼 に あ て て 海 が 透 く な り 桜 貝　同

話は飛ぶが、泉鏡花に「桜貝」という短編小説がある。保養地とおぼしき海岸の貸し別荘に、秋立つ頃女二人が住み始めた。付き添いの年増と「若い主人は、痩ぎすな瓜核顔のすらりとした、二十か一二と云ふ年紀《としごろ》。真夏、海水浴の出盛る頃なら他に較べて尚ほ目に立たう、秋寂びた浜辺には何に譬ふるものもない、たゞ、咲残つた、あの常夏の、なつかしい薄紅の花一輪、あはれに霜に悩むのか、ふと金色の旭を浴びて、露に甦へつた茎もなよやかに、白雪の富士に化粧して、俤を紺青の波に宿した風情がある。」と描かれ、荒くれの漁夫は、「渾名して桜貝の奥さんと言ふ」のであるが、ある夜、「一命に関ります」と助けを求める戸を叩く音がした。若い主が窓を開けると、ひらりと飛び込んだ覆面の男。乱暴をせんと女に襲いかかりつつ、ふと目に止まったのが枕元の机の上の「かきおきの事」という巻紙。「否、些とも世を果敢なんで、それで死ぬのぢやありません。」と女が語る仔細に、男は得心して、なにもせずに出ていった。その事情とは。

なぜ、松本たかしと泉鏡花か。たかしの父長《ながし》は宝生流の名人といわれた能役者。祖父金太郎、曽祖父弥八郎は代々江戸幕府所属の能役者である。金太郎はもともと加賀藩お抱えの囃子方、葛野流大鼓師中田豊喜の家に生まれたが、松本弥八郎の養子となって松本家を嗣いだ。金太郎の妹鈴は、加賀藩細工方の彫金象嵌師泉清次に嫁して、長男鏡太郎（泉鏡花）を生んだ。つまり、松本長と泉鏡花は従兄弟同士である。鏡花の名作「歌行燈」は、金太郎をモデルにしたものと言われる。

　このような境遇に育ったたかしと鏡花には、加賀金沢の文化という共通するものがあって、桜貝を愛したのではなかろうか。

蛍烏賊

『新歳時記』初版（昭和九年）の「蛍烏賊」の解説は、現在販売されている『新歳時記』（増訂版）と同じ内容で、例句が採録されていないことも同じであるが、これに先立って昭和八年に刊行された改造社版『俳諧歳時記　春』は、同じく虚子が編集を担当しているが、その「蛍烏賊」には例句があって、〈蛍烏賊つぎ〳〵櫂にもつれつゝ　　迷人（ホトトギス）〉という句が採録されている。『図説俳句大歳時記』の「蛍烏賊」の項では、〔解説〕の後に、〔考証〕として、「『新撰袖珍俳句季寄せ』（大正三）では季題のみ所出。『ホトトギス雑詠全集』では、「蛍烏賊つぎ〳〵櫂にもつれつつ　　迷人」（大正一四）の句を所出。」とあって、なぜか〔例句〕の欄を設けていない。

『俳諧歳時記　春』の例句に添えた、（ホトトギス）という記録は、同書の序文により、この句の出典が『ホトトギス雑詠全集』であることがわかる。『ホトトギス雑詠全集』は、昭和五年までは、俳号のみ記載していたので作者の姓は確認できないが、『図説俳句大歳時記』により、大正一四年の作品であることがわかる。同歳時記が例句とはせず、あえて「考証」として残したのは、「蛍烏賊」という季題がまだ十分に俳句として詠まれていないという編纂者の判断があったのであろう。『図説俳句大歳時記』は、昭和三九〜四〇年の刊行であるから、「蛍烏賊」という季題は、大正時代から使われ始めたことは分かったものの、句作の対象となったのはごく新しいものだったらしい。

荒俣宏著『世界大博物図鑑』（平凡社）という大著の、別巻２［水生無脊椎動物］によれば、「１９２２年（大正11）、富山湾にそそぐ常願寺川東河口から魚津市信濃浜（今の魚津漁港）にいたる、海岸の満潮線より１２２０ｍ以内の海面は、ホタルイカの群遊地として国の天然記念物に定められた。」とあり、さらに一九五二（昭和二七）年には、群遊海面と改称され、特別天然記念物に指定されたという。

こうした事情からみれば、例句の大正一四年という時期は頷けるが、昭和三〇年代に例句とすべき俳句が生まれなかったのかどうかと疑問も生まれる。食品としての流通性などを考えると、富山県の一地方のローカル性の強い季語として、まだ広く知られていなかったということかもしれない。こうしたことを考察するとき、後に触れるホタルイカの漁獲史も参考になるかもしれない。

ともかく、『新歳時記』に例句がないことも、『ホトトギス雑詠全集』からさらに精選されて生まれた『ホトトギス雑詠選集　春の部』にも、「蛍烏賊」の句がないことは事実である。（注：『ホトトギス雑詠選集』は「ホトトギス」の明治四一年一〇月号から昭和一二年九月号までの雑詠入選句から、虚子が精選したものである。）

最近は、蛍烏賊が発光しながら漁獲される光景を観光船に乗って見ることができるようになって、富山県の春の風物詩として映像も伝えられているから、なんとなく昔から知られているように思っていたが、その生態や漁獲についての研究は、それほど古くから行われていたものではないらしい。蛍烏賊は大変傷みやすいが、冷凍技術や輸送技術の向上により、全国で賞味されるようにもなっているから、これも旬材として広がることにつながったのであろう。そうした蛍烏賊の背景をすこし紹介しておきたい。

以下、イカについての普及書『イカはしゃべるし、空も飛ぶ』（講談社）も執筆している奥谷喬司氏が編纂し、八人の研究者が分担執筆している『ホタルイカの素顔』（東海大学出版会）が教えていることに頼って紹介していきたい。

ホタルイカという和名は、動物学者渡瀬庄三郎博士が一九〇五（明治三八）年春に、富山県を訪れたときに、蛍のように光るイカを見て「蛍烏賊」と名づけたのが最初であるという。同年「動物学雑誌」に発表して、学会の標準和名となった。その後の研究で、分類学上はいろいろ議論があるらしいが、すこしはしょって言えば、ホタルイカは軟体動物門頭足綱ホタルイカモドキ科ホタルイカ属ホタルイカとなるらしい。そのホタルイカ属の学名は、Watasenia となっていて、最初の学問的発見者の名が残されているという。

ホタルイカの特徴は、なんといってもその発光器である。眼球に五個の発光器、第四腕の先端に三個の大発光器、外套膜上に不規則に多数の発光器があるが、全体ではおよそ一〇〇〇個程あるという。三月から五月頃が産卵期で、日中は水深二〇〇メートルより深いところにいるが、夕方になると産卵のため浅瀬に群遊してくる。産卵は夜半に行われ、明け方に深海に戻るという習性があるから、深夜から明け方にかけて、瓢網とよばれる定置網によって漁獲が行われる。富山湾は、陸地から急に深まる地形になっているため海流が湧き上がるように流れて、ホタルイカが海岸近く押し寄せられるらしい。地元では朝の海岸に打ち上げられたホタルイカを「ホタルイカの身投げ」と呼んでいる。

富山県のホタルイカ漁がいつから行われているか定かではないらしいが、漁業資源としての研究は、一九七五（昭和五〇）年頃からであるというから、知見として広まったのもこうした時期以降と推測できる。

前掲書にある日本海のホタルイカ漁獲量の資料は、一九八四（昭和五九）年の一一〇七トンから始まっている。ここまで、ホタルイカは富山県のこととして書いてきたが、日本海のホタルイカ漁の大きな拠点は、兵庫県、福井県にもあり、それぞれが豊漁不漁を分け合っているらしい。日本海全体のホタルイカ漁は、一九八九（平成元）年以降一九九九（平成一一）年まで、年間三〇〇〇〜六〇〇〇トンであるが、富山県の最大漁獲量は、一九九二（平成四）年の三八九五トン。兵庫県での最大は、一九九九（平成一一）年の二八一五トンであり、福井県のそれは、一九八九（平成元）年の二一七四トンとなっている。

日本海でのホタルイカの産卵場も、研究の結果、隠岐島西側の海域、隠岐島東側の若狭湾を中心とする海域、そして能登半島東側の富山湾の三カ所と分かっているというのである。

外套長七センチ前後のホタルイカの寿命は一年。産卵の後死に絶える。

美しい漁獲の一瞬、賞味する一刻を俳句に詠んでいる蛍烏賊の生態は以上のようなものである。

夏

初夏

日本に帰りて京の初夏の庭　虚子

この句は、現在入手できる虚子編『新歳時記』に「初夏」の例句として挙げられているので、誰もがすぐに見ることができる。しかし『日本大歳時記』や『図説俳句大歳時記』、新版の『角川俳句大歳時記』などの大冊の歳時記の「初夏」の項には、虚子の句は例句として載っていない。虚子にもっとも近い、『ホトトギス新歳時記』では、〈新潟の初夏はよろしや佐渡も見え　虚子〉を採録し、掲出句は載せていない。どうしてこのような違いが生まれたのであろうか。それはこの句の作られたときの背景に関係があると思われる。

虚子は、昭和一一年二月一六日、念願のフランス旅行に出発している。当時、次男の友次郎が音楽の勉強のためフランスに留学していたのである。毎月の「ホトトギス」の発行、特に雑詠の選という仕事を旅先でこなしながらであった。ほぼ四カ月の旅行を終えて、大勢の俳人の出迎えを受けて神戸港に着いたのが、六月一一日であった。神戸には二日間の寄港であったが、翌一二日に、京都の田中王城の病気を見舞っている。王城とは、明治三八年に虚子に入門し、虚子が京都に来たときは、つねに寄り添い便宜を図っていたが、雑詠においても、大正から昭和にかけて、つねに上位に名を連ねており、虚子は王城を「俳諧の西の奉行」と呼んで信頼していたのである。

『渡仏日記』を調べると、「六月十二日。（金曜） 十時、としを、泊月が船まで来て、連れ立つて王城の病気を見舞うために京都に行つた。丁度時刻であつた為に京饌寮で昼飯を食ひ、それから王城居に行つた。俄に王城の主催で、私等帰朝の歓迎の意味もあり、また病気快方の心祝の意味をも兼ねて、下河原美濃幸に招宴。」とあり、早速の句会が開かれている。その席上で、〈日本に帰りて京の初夏の庭〉が作られたのであった。

『渡仏日記』のその前後を見ると、六月一一日、「朝六時床を出て甲板に出て見ると、丁度郷里の海岸を通つて居るらしい島山のたゝずまひであつた。朝霞が深く罩めて居るからはつきりは分らぬが、遠く石槌山らしい山が見え、また高縄山と覚ぼしきものも見え、それに海上には、興居島らしき島が横はつて居た。（中略）今更ながら、瀬戸内海の景色の和らく絵のやうなのに見入つた。」と、幼少のとき過ごした西ノ下の光景も思い出して〈戻り来て瀬戸の夏海絵の如し〉と詠んでいる。この日、神戸に上陸して立ち寄った、芦屋の長男としを居に俳人が詰めかけ句会をしているが、虚子の句に〈夏潮を蹶つて戻りて陸に立つ〉がある。さらに、一五日横浜港に着いたとき、新聞記者の要請があって、〈美しき茂りの港日のあたり〉の句を残している。

虚子は、「初夏」の季題の句を大正時代に一句、昭和になってから一〇句とあまり多く作っていないが、そのなかでは、フランスからの帰路、スコールや炎暑の熱帯地方の航路の後に見た日本の初夏の美しさ、親しい京都の俳人に囲まれた懐かしさのなかで作られたこの一句は、格別のものであったに違いない。虚子が、昭和二六年一〇月に『新歳時記』の増訂版を出版するときに、この〈日本に帰りて京の初夏の庭〉を例句として採録したことも、このような事情が分かれば、まさに虚子編であると納得できるのである。

筍

「筍」は、竹の地下茎から出た若芽であるが、筍と言えば孟宗竹がまず思い浮かぶ。この他に、真竹、淡竹があり、北海道に生まれ育った筆者には、何といっても、根曲り竹である。孟宗竹は、その名が由来する故事の通り、中国から渡来したものであるが、その時期については諸説があるらしい。松田修『古典植物辞典』（講談社学術文庫）によれば、『古事記』、『日本書紀』に「たかむな」とあり、『源氏物語』に「たかうな」とあって、原文も紹介されているが、これらの竹の子は、日本古来の真竹の子なのであろう。

林望『旬菜膳語』（岩波書店）では、木下謙次郎の『続々美味求真』（中央公論社）に、孟宗竹は薩摩島津家の需めにより琉球から贈られた元文元（一七三六）年が元祖という説を紹介し、従って、〈老僧の筍をかむなみだ哉　其角〉、〈竹の子や稚児の歯茎の美しき　嵐雪〉などの句に詠まれた竹の子は、真竹の子であろうと述べている。

林春隆の『食味宝典　野菜百珍』（中公文庫）の「筍の話」には、真竹は古くより食用にされたが、孟宗竹がようやく珍重され始めたのは、明和（一七六四〜一七七二）の頃からで、広く賞翫されるのは、嘉永（一八四八〜一八五四）頃とある。

　美味しい筍と言えば、京都の洛西産と言われるが、その大原野の筍作りの名人として、「サライ」という雑誌の一九九六年第一一号に、木村嘉作氏のインタビュー記事がある。氏は、孟宗竹の伝来について、同地に伝わる話では、享保年間（一七一六〜一七三六）の頃、宇治の万福寺の管長が初めて中国から持ち帰り、長岡京の寂照院の院主が貰い受け、その寺領に移植したのが始まりと言っている。「ワテらは、モウソウ畑と呼んでおります。野菜畑と同しように、いやそれ以上に手をかけてますさかい、藪というよりも畑という感覚ですのんや。」と言う木村氏の孟宗竹の畑は、一反（三百坪）に二百本くらい親竹を生やしており、全部で六反あるという。「親竹として残した分の竹の表面に、その年の干支を書きこみましてな。七年たったら切り倒しますさかい、そのときの目印でんな。」「一反当たり三十本ずつ切って、出た筍を同じ数だけ残しておく。で、つねに一反に二百本前後の竹があるわけでんな。」と言い、一年間の畑仕事の手順を語っている。掘り、夏草刈りと敷き、肥料やり、親竹切り、藁敷き、土入れと、二月と六月以外の年一〇カ月は手をかけているという丹精があってこその、洛西の筍と知る。

　京都寺町通り三条上ルに、京都の四季特産品専門の店がある。店頭は、筍の時期は筍だけ、松茸の時期は松茸だけ、漬物だけになったりする。年一度、ここの洛西・塚原産の朝掘りの筍を送ってもらうのが筆者のささやかな贅沢である。

母の日

「母の日」という季語は、五月の第二日曜日を指し、アメリカの一女性が母を追憶するため、母の愛に感謝を捧げる日として始められ、日本では大正二年に紹介され、殊に戦後急速に普及した行事と諸歳時記に書かれているから、それ以上格別に付け加えるべきことはなにもない。

「こどもの日」は、端午の節句という日本の文化の背景があり、それなりの意味を持つ。六月にある「父の日」も歳時記に取り上げられているが、これも戦後アメリカの行事を輸入したものであるから、日本の季語という文化のなかでは、落ち着きがよくないように思える。

従って、『新歳時記』（増訂版）に、「子供の日」は「端午」の傍題として入れているが、「母の日」も「父の日」も採録していないのは、虚子のこの歳時記の編集方針からみれば、当然のことであろう。念のため、虚子は「母の日」の句を作っているかどうか、調べてみたが、発見できなかった。見落としはないと思うのだが、「母の日」という季語では、虚子の句心は動かなかったのであろう。

しかし、虚子には、人一倍強く母を恋う心があった。虚子二五歳の明治三一年一一月に、母柳を亡くしている。松山藩の剣術監にして祐筆を勤めていた父は、維新後に帰農したため、虚子は、一歳から八歳まで愛媛県風早郡柳原村西ノ下（注：後に北条市、現在は松山市に含まれている）に暮らした。虚子には三人の兄があったが、年齢がそれぞれ二〇歳、一七歳、一五歳という大きなへだたりがあっため、西ノ下の暮らしのなかでは、虚子は母の愛を独占し、母もまた虚子を溺愛した。

虚子が、「ホトトギス」の大正元年一〇月号に書いた「泣き味噌」という文章がある。冒頭は、こう始まっている。


余は母の膝に乗つてゐた。母は店の上り框に腰を掛けてゐた。母は腰を掛けて余を両手で抱へてゐた。余は左右の足を自由にぶら〳〵させながら母の乳房に口を持つて行つたり離したりしてゐた。幾つの年の事であつたらう。今の我第三女の年とすると四つである。其は松山から三里余り入つた風早といふ在郷に卜居してゐた頃の事で――此幼物語は悉く風早を背景とする。（中略）房《ふう》さんは滅多に泣かなかつたが余は泣き味噌であつた。ゐざり（注：原文のまま）が来るのを見ると泣いた。神主が竈払ひに来るのを見ると泣いた。子供が這ふのを見ると泣いた。一度は母が半里の間余を負うて北条といふ処に田舎芝居を見に連れて行つた時、莚囲ひの木戸口を開けて這入ると、舞台に裃を着た男が腹に刀を突込んでゐたので余はワツと大声を出して泣いた。母は其儘又余を背負うてとぼ〳〵と其半里の路を帰つて来たのであつたが、母を誘つた連れの人は皆小屋に留まつて母一人帰つて来たことが子供心にも気の毒に思はれて、

「家へ帰つたら一人お留守もりをしてゐるからお母さん又お行《い》きや。」と言つたら、母は優しく、

「いゝえ、もうお母《かあ》は行かいでもえゝぞな。」と言つた。其は遥に余の家が見え始めた松並木の外れであつた。（以下略）

この後段の芝居小屋のエピソードは、虚子の生涯を語るとき必ず引き合いに出される話である。虚子の著作『霜蟹』に収録されている、「又風早西ノ下のこと」（初出「ホトトギス」昭和一四年三月号）

でも、この話を繰り返している。
虚子の母を恋う心の俳句を挙げれば、『五百句』にある

野を焼いて帰れば灯下母やさし　　虚子　大正七年

「母の日」などと言わなくても、この一句が全てを語っているように思える。

飛魚

『新歳時記』〈増訂版〉の解説は、「蒼白、一尺くらゐの魚で、非常に発達した胸鰭を持つてゐて水面を飛翔する。三才図会には『三・四月群飛す。其飛ぶや水上を離る丶こと尺許にして、一段ばかりにして水に没し復飛ぶ。薩摩に最も多し』とある。産卵期が初夏で、その頃よく海藻の多い浅所に寄つて来る。捕つて生飛魚・塩飛魚のほか乾魚ともする。とびを。つばめ魚。」となっている。とびを、つばめ魚は傍題。『三才図会』は一六〇七〈慶長一二〉年成立というから、飛魚は江戸時代初期にはよく知られた存在だったのであろう。

虚子編の例句に、〈飛魚や北へ〳〵と宗谷丸　　草石〉がある。『ホトトギス雑詠選集　夏の部』を見ると、昭和八年の句で、草石は北海道・音威子府の長谷草石と分かるから、飛魚は本来暖海の魚であるが、北海道まで北上したのであろう。この句から、オホーツク海を飛魚を追って稚内港へと向か

っているのだろうと想像される。

沖縄、種子島などの海域から春になると北上し、鹿児島、長崎など初夏の漁として賑わう。内田恵太郎『さかな異名抄』（朝日文庫）によると、飛ぶ魚の連想からトリウオ（広島）、ツバサウオ（瀬戸内）、ツバサイオ（有明）、ツバメウオまたはツバクロウオ（北陸、山陰、大分、茨城）など、各地にいろいろな名称があるが、瀬戸内西部から九州では一般にアゴと呼ばれることが多いという。このように各地に異なる呼び名があるということは、それほど飛翔の姿が目をひいたということになる。アゴの語源は明らかではないらしいが、よく聞く呼び名である。

飛魚の飛翔について、末広恭雄『魚の博物事典』（講談社学術文庫）の教えるところだが、「空飛ぶ鳥がそうであるように、トビウオは食べたものをすみやかに体外に排出する機能を持っている。腸はごく短いし、食物はその短い腸を通ってすぐ体外へ出されてしまう」とご自身の研究結果を書いている。このように、「トビウオの体は、飛ぶという機能に対し、すばらしい適応を示している。驚いたり、敵に追われたりした時、水面下を力強く助走、その時速は約七〇キロという。そして尾鰭でパッと水面を叩き、同時に胸鰭を広げて滑空、尾鰭をカジに、ゆるいカーブもかく。観察記録によると、高さ一〇メートル、距離四〇〇メートル、滞空時間四十二秒というのが世界のレコード」であるという。飛魚は、胸鰭がはばたけないので、両側の鰭を広げて空気抵抗を受けて浮力を得る、グライダーの滑空と同じ飛び方なのだという。

『俳句・魚の歳時記』（博友社）の園部雨汀氏は、漁業の船長の体験があり、とくに伊豆七島方面で飛魚を観察しているのだが、飛魚の飛翔は、「その方向もどうしてなのか、船の進行方向と同じか、やや斜め前方で、決して後方には翔ばない。」と述べている。たしかに筆者の実見も同じで、隠岐に二度旅をしたが、とくに六月に行ったときは、船の前へ前へと飛ぶ姿が壮観であった。

飛魚は美味しいというあたりを、季語の解説で丁寧に述べているのは、『角川俳句大歳時記』の榎本好宏氏。解説の半分を使って、「刺身が抜群だが、塩焼きや照り焼きも一般的。擂り身は鯛のそれより数段上等で、蒲鉾の材料になる。九州では、正月料理の出し用として干しあごや焼きあごが珍重される。」と詳しい。

蒲鉾と言えば、その語源を黒川道祐『雍州府志』（貞享三年〈一六八六〉刊行）に求めている資料が二点手元にある。一は、考古学者の森浩一『食の体験文化史3』（中央公論社）の「蒲鉾とてんぷら」の項。その二は、「國文學　解釈と教材の研究」創刊七〇〇号臨時増刊号の『「食」の文化誌』である。ともに蒲鉾とは、元来魚の擂り身を竹串に円筒状に練り付け、その形が蒲の穂ににていることからこう呼ばれたと説明し、『雍州府志』にも、「もと此の穂に似たるにこれを称す。今は誤つて板面に貼するを蒲鉾と曰ふ。また竹を以つてこれを貫くを竹輪と曰ふ。その名相当と雖も実は蒲鉾これ也」とあるという。

『雍州府志』は、上下二巻を予定して岩波文庫から、上巻は二〇〇二年に刊行されていて手元にあるのだが、蒲鉾の項は下巻に含まれている。どういう事情からか、岩波文庫の下巻が発行されておらず、その前後を読めないままに孫引きでご紹介した。

『食の体験文化史』は、著者が食べ物に大変深く関心を持っていて、毎日の三食の内容をどこでいつと詳細な記録を何十年も続けており、それを分類整理し、データや周辺事情なども添えて、「中央公論」に五四回連載され、後に三冊本となって刊行されたものである。「蒲鉾とてんぷら」はその四四回目にあたる。京都に暮らし、考古学者であるから日本各地の発掘や学会など旅の機会も多いので、その食の体験は実に広い。竹輪の話題は、松山に近い高浜港に夜半に寄港すると、桟橋に何人もの竹輪売りがいた、などと始まる。高浜港は、正岡子規や高浜虚子、夏目漱石などが若き日に船に乗った港であるし、瀬戸内の美味しい魚を材料とする蒲鉾も名産である。

漱石の『坊っちゃん』（岩波文庫）に、うらなり君の送別会で、松山第一という料理屋花晨亭に初めて行ったくだりに、「口取に蒲鉾はついてるが、どす黒くて竹輪の出来損ないである。刺身も並んでるが、厚くって鮪の切り身を生で食うと同じ事だ。それでも隣り近所の連中はむしゃむしゃ旨そうに食っている。大方江戸前の料理を食った事がないんだろう」と悪口雑言である。

漱石は「どす黒くて竹輪の出来損ない」と言っているが、この材料は何だろうか。すぐ思うのは鰯だが、明治時代の松山の有名料理屋であるから、もっと高級な食材である飛魚ではなかったかとも思う。

画家で釣りが大好きで、全国を釣り歩き、食べ歩きしているという、岩満重孝氏には、『百魚歳時記』（中公文庫）があるが、その「飛魚」の項に、「鳥取へいった折、竹輪を食べた。普通の竹輪よりひと廻り大きく、篠竹の太いのをつけたままの竹輪である。色も黒く、いかにも日本海で獲れたトビウオそのままに素朴だった。何という竹輪か、と宿の者に訊ねたら、『あご竹輪といいます、トビウオが原料なんですなあ』と、ひとごとみたいな返事をした。」と述べている。あご竹輪は、画家の目にも黒いものだった。

隠岐の旅のとき、あご竹輪を買うなり店先で食べたが、本当に美味しかったことを思い出す。

森浩一『食の体験文化史』は、勿論あご竹輪の食体験を書き残しているが、飛魚そのものを食べた、つまりあご竹輪を含まない記録として、九六年四回、九三年六回、九一年ゼロ、八五年九回、最高は八三年の一六回とある。

森氏の飛魚のもう一つの話題は祇園祭。山伏山は、宵山で御神体に飛魚二匹供えるしきたりがあると実見を語りつつ、井上頼寿氏の『京都民俗志』（東洋文庫）には、各会所で飛魚を供えているという記録があることを紹介している。森氏は、「それにしても、錦市場を歩いても普段はトビウオはさほど見かけない。京都ではむしろ珍しい魚だ。」とも述べている。書架にある『京都民俗志』の「飛魚」の項全文を以下に引用したい。


東山区今熊野の剣大明神へ、癲癇などを治してもらう願をかけるときは、飛魚の絵馬を上げる。祇園祭宵山のとき、各町内の会所で山鉾を祭っているが、その神号なり人形なりの前へ供える神饌の内には、必ず飛魚の干物を用いる。北区上賀茂神社でも年間たくさんの飛魚を供える。

北白川の天神の祭りの神饌にも、大きな飛魚の干物を供える。


とある。本書の初版は昭和八年で、再版の東洋文庫は昭和四三年である。あるいは現在の事情が変わっているかもしれない。

朴の花

「朴の花」は、『新歳時記』（増訂版）の解説を借りれば、「朴の木は山地に自生する落葉喬木で四・五丈に達する。枝は少数で疎生する。葉は槲に似て長さ一尺をこゆる長楕円形で、五月頃枝頭に木蓮に似てもつと大きい白い花を開く。花弁は厚く其径凡そ四・五寸、普通九つの弁がある。香気が甚だ高い。」とあり、傍題に「厚朴の花」がある。

花の説明に、「木蓮に似て」とあるのは、木蓮ほどよく見かけることができないことからの解説であろう。しかも高い木の枝の大きな葉の上に咲くので、下から見上げてはよく見えないのである。もっとも寺社や公園などに植えてある所もあるので、探し出して実際に見てほしい。図鑑などでは、その大きさや香りは実感できないであろう。

いろいろな歳時記を調べると、傍題の一つに、「朴散華」を採録していることがある。『新歳時記』（増訂版）は、これを傍題に示してはいないが、例句に「川端茅舎永眠」という前書きをつけて、〈示寂すといふ言葉あり朴散華　虚子〉を載せているから「朴散華」を「朴の花」という季題に含めていることが分かる。

散華という言葉は、仏教で使われる言葉で、『広辞苑』を繙くと、第一義に「仏に供養するために花を散布すること」とあり、実際お寺の大きな法会などで、いろいろな色の蓮の花びらを模《かたど》った紙片をお経を唱えながら撒いてゆくのに出会うことがある。これはまさに散華であろう。従って、「朴散華」とは朴の花びらが撒かれるように散る、と読み取られる恐れがある。「朴散華」という傍題を載せている歳時記にも、朴の花の散る姿について全く触れていないものもあるからである。

しかし、手元の『日本大歳時記』は、「朴散華」を傍題に入れ、解説のなかで「『朴散華』という造語があるが、心象風景としては理解できよう。実際は茶色に変色し、萎えていつとはなく落ちる。」と、九弁の大きな黄白色の花の終わりようを教えてくれる。また、『角川俳句大歳時記』は、やはり「朴散華」を傍題とし、「初夏の頃、芳香のある九弁の黄白色の花が大きな葉に抱かれるように咲く。花は茶色になり、乾いてなくなる。」と解説している。

恐らく解説の字数の制限があって、省略された説明になったのであろうが、この二つの解説はおなじことを言っていると思える。つまり、朴の花は、盛りのときは、黄白色の九弁の大きな花であるが、その花びらはやがて葉の上で茶色に萎んで、いつとなく、いずこともなく、姿を消すのであって、文字通りの散華とは言えないということである。

青柳志解樹『季語深耕［花］』（角川選書）の「朴の花・水木の花」の一節に、朴の花を詠んだ俳句について、

なんといっても有名になったのは、茅舎の、

　朴 散 華 即 ち し れ ぬ 行 方 か な　　茅舎

の句であろう。茅舎は「朴散華」を観念として受け止めたのではなかろうか。何故ならばホオの花は散華しないからだ。つまり散ることがないのだ。このことについて、大野林火氏の著書

『行雲流水』の中の「朴の花」と題する秀れた一文があるので、その一端を披露したいと思う。と書いているので、以下にその一部を孫引きする。

朴の花はたしかに散らない。朴の花の九弁は朝開き、夕ぐれ、もとの白珠に戻る。二、三日を経ると開閉が鈍くなり、やがて九弁の花弁は八葉の広葉の上で、そのまま乾びてゆく。色も焦げた茶色になってゆく。しかし、散るということはない。乾びきった花弁はいつかはこぼれ落ちるが、それを朴の花弁と気づく人は少ないであろう。

とあって、青柳氏の引用と解説はさらに続くが、以上にとどめたい。

『定本川端茅舎句集』（養徳社）という句集が手元にある。あとがきによれば、令兄川端龍子氏の発意により、深川正一郎氏が編集したものとあり、茅舎の諸句集の他、逝去までに残された俳句がまとめられている。その最後の二頁に、「朴の花」の句が七句並ぶ。

我が魂のごとく朴咲き病よし　茅舎
天が下朴の花咲く下に臥す　同
朴の花白き心印青天に　同
朴の花猶青雲の志　同
父が待ちし我が待ちし朴咲きにけり　同
朴の花眺めて名菓淡雪あり　同
朴散華即ちしれぬ行方かな　同

脊椎カリエスを三四歳で発病し、四四歳目前の昭和一六年七月一七日に亡くなるが、その最後の日々の病床にあって、わずかに庭の朴の花に心を寄せている茅舎の句である。「朴散華」の言葉が使われているのは、その最後の一句だけであったかと知ることになる。茅舎がこの一句によって、それまでなかった「朴散華」という季題を生み出し、そしてそれは、虚子の選句によって、世に定着した季題なのだと知る。改めて、虚子の選句の柔軟な姿勢に感動する。

さて、虚子はどんな「朴の花」の句を残したか。

『年代順虚子俳句全集』四巻と『句日記』六巻の季題索引によって調べて驚いた。

初めて作った「朴の花」の句は、昭和一六年。前書に、「七月十七日。午後〇時五分、川端茅舎永眠。」とあり、

示寂すといふ言葉あり朴散華　　虚子

である。

次に発見する虚子の「朴の花」の句は、昭和二十六年「六月二十五日　九羊会　茅舎を偲ぶ会　立子俳小屋」とあり、

朴散華との詠吟は茅舎らし　虚子
朴散華而して逝きし茅舎はも　同
朴散華とは希望無し誇りあり　同
茅舎のこと三言四言や茅舎の忌　同

の四句があり、「朴散華」三句、「茅舎忌」一句。四句全て茅舎である。

これ以外に、虚子の生涯に「朴の花」の句はない。

虚子の「朴の花」は、虚子が「ホトトギス」雑詠選の巻頭に選び、季題として定着した茅舎の「朴散華」が全てであった。虚子にとって、茅舎は即ち朴散華であり、朴散華は即ち茅舎となっていたのであろう。

虚子は、茅舎の第二句集『華厳』の「序」として、一行、「花鳥諷詠真骨頂漢」を贈っている。

桐の花

桐の木は成長が早いので、娘が生まれたときすぐ植えると、婚礼に出す頃には箪笥が作れるくらい大きくなると言われる。私の生家の酒造工場の前に大きな広場があって、秋口に蔵人が来ると、夏場に売って空になった酒桶（差し渡しも深さも大人の背丈を超える大きさ）を何本も洗って干していたが、その際に、桐の木が五本並んでいたのを覚えている。だが、桐の花が咲いている光景の記憶は全くないのだから、無関心ということは恐ろしい。会社合併で蔵はなくなったし、姉も若くして亡くなったから、あの桐の木も塵のごとく処分されたに違いない。岐阜県高山市でオークヴィレッジという木工家具の工房を経営している稲本正の『森の形　森の仕事』（世界文化社）や『森の博物館』（小学館）という著作によると、同氏の子は男であったが、生まれたとき工房の裏庭に桐を植えたところ、高校生になった頃には、背丈の十倍の高さで幹の直径は楽に二〇センチを超えるほどに成長したと書いている。

この箪笥や琴の材料になる桐は、ホンギリと呼ばれるゴマノハグサ科キリ属であるという。

桐の花について、上坂信男・神作光一全訳注『枕草子（上）』（講談社学術文庫）の「木の花は」の後段を参照したい。紅梅、桜、藤、橘、梨と語り継ぎ、「桐の木の花、紫に咲きたるは、なほをかしきに、葉のひろごりざまぞうたてこちたけれど、こと木どもと等しう言ふべきにもあらず。唐土《もろこし》に〔ことごとしき〕名つきたる鳥（筆者注：鳳凰のこと）の、選《え》りてこれにのみゐるらん、いみじう心ことなり。まいて琴に作りて、さま〴〵ざまなる音《ね》の出で来るなどは、をかしなど世の常にいふべくやはある。いみじうこそめでたけれ。」と称揚されているが、書かれているのは、桐の花よりは葉や木についてが多い。

大岡信監修の『日本うたことば表現辞典　第一巻植物編（上巻）』（遊子館）の桐の項を見ても、桐の花を詠んだ和歌は明治以降のものばかりである。『日本大歳時記』の山本健吉の解説でも、「桐の花は古歌には詠まれず」と述べ、「『桐の花』に趣味を見出したのは、連俳時代に入ってから」であり、「新しい『桐の花』の自由な詠み方は、近代になって盛んになった。」という。

岩波文庫の自選の『虚子句集』の季題索引を見ても、「桐一葉」の句は、〈桐一葉日当りながら落ちにけり〉を初め七句残されているが、「桐の花」は一句も残していない。

虚子には、生涯に七句、「桐の花」の句があるのだが、この句集の自選からは外されたのである。

薔薇

キリスト教絵画は、描かれている人物やその背景に描き込まれたものそれぞれに、宗教的な意味があるのであろうが、そのような知識や理解を全く持たないため、つい敬遠していた。先年、大ベストセラーとなったダン・ブラウンの『ダ・ヴィンチ・コード』という小説も、友人から寝る間を惜しんで読んだと面白さを教えられたが、これもまた文庫版になった機会に買い込んではみたものの、そのままに積んでおいたのは同じ理由であった。

そんなとき、ある方から、高階秀爾『名画を見る眼（正・続）』（岩波新書）を勧められて読み、プラド美術館展を観に行って、少しだけ感じ取るものがあった。さらに、若桑みどり『絵画を読む―イコノロジー入門』（NHKブックス）を読んで、長い間気になっていた西洋美術の図像解釈学の世界を垣間見ることができた（若桑氏には、『薔薇のイコノロジー』という一九八五年の芸術選奨文部大臣賞に選ばれた学術的な大著があるが、これは歯が立たなかった）。

こんなことがあって、『ダ・ヴィンチ・コード』を読み始めたのだが、そのなかに、薔薇の花は秘密を守る花を意味するとも、また図像学的に「正しい方向へ導く」ものを意味するとも書かれてあった。祖父の残した秘密を尋ねる主人公たちが、パスワードを解読できないでいるとき、「アブラカダブラかね。」と口にする場面に出会った瞬間、句友の〈薔薇の芽のアブラカタブラはよ伸びよ　大橋有美子〉を思い出した。英和辞書を確かめると、ABRACADABRA＝病気や災厄を払う呪文、とある。

季題の「薔薇」は、園芸上の花で、野性の「茨の花」と区別して使うが、植物学では、野茨は園芸化された薔薇の原生種の一つとされている。しばらく、大場秀章『バラの誕生』（中公新書）を頼って書きすすめるが、バラの野性種は世界に百種以上もあって、シェパードという研究者は、そのなかで現代のバラの園芸品種作りに貢献したのは、たった八種にすぎないと述べているという。

その八種はすべてアジアのバラであり、そのなかに日本のノイバラ、テリハノイバラ、ハマナスが含まれているというから驚かされる。中国のコウシンバラも八種の一つで、一八世紀末にイギリスに導入されて、バラの園芸化に一大革命を引き起こしたという。同書によれば、「園芸植物の発達は、自然界から観賞に値する植物を見つけ出すことから始ま」り、「栽培中に偶然生じた雑種や奇形などの変わりものを選択して、株分けしこれを流布する」第二段階を経て、「人工的に異なる種や異なる系統間の交配を行なって、自然には存在しないまったく新しい植物を生み出す」のが第三段階であるという。

バラの園芸化で言えば、一八六七年の最初のハイブリッド・ティー・ローズ「ラ・フランス」が、第三段階にあたる人工交配が生んだ最初の園芸品種なのだというが、一八六七年は、日本では慶応三年に当たるから、今日見ている洋種の薔薇は、明治維新より後に日本にもたらされたものである。

春山行夫『花の文化史』（雪華社）の「日本のバラ」の章を読むと、「バラと文学」の項に先ず、子規とバラをテーマに詳細に述べているのが目を引く。子規が最初にバラを句にしたのは明治二五年であるとして、〈宵月や牛くひ残す花茨〉〈窓かけや朧に匂ふ花いばら〉〈ビール苦く葡萄酒渋し薔薇の花〉の三句を示す。しかし『子規全集』（講談社）第一巻を見ると、前二句は『寒山落木　巻二』の明治二五年夏に置くが、「ビール苦く」は同年秋にあり、薔薇の花を季題としたとは言いにくい句である。春山氏は、子規はその後も二八年までは花茨の句ばかりで、二九年になって花茨の三句に対し、〈夕風や白薔薇の花皆動く〉など薔薇の句を一三句も詠んでおり、「新感覚的な描写があらわれ」てくると評価している。

ちなみに虚子の最初の薔薇の句は、明治三一年の〈薔薇の花楽器いだいて園にいでぬ〉である。洋種の薔薇のいかにも珍しい時期の俳句という感じが窺える。

薫風

理学部は薫風楡の大樹蔭　虚子

この句は、昭和二三年六月一九日、北海道ホトトギス俳句大会に出席した折りに、北海道大学の構内を吟行して作ったものである。このとき、虚子は七四歳であるが、虚子の北海道訪問は、昭和八年以来ということで、長男年尾や次女立子を初め、京極杞陽、高野素十、伊藤柏翠などの高弟も加わり、総数一五名の一行で、六月一〇日に横浜港から氷川丸に乗船し、一三日に小樽上陸。二二日に小樽から再び氷川丸に乗船して帰途につくという長旅であったが、この句には、そのような旅の疲れは一切見えず、北海道の初夏を見事にダイナミックに描いており、実に若々しい一句となっている。昭和二三年六月二〇日付の北海道新聞の一面に（当時同紙は、一枚二頁建てであった）、北大構内で吟行する虚子の和服姿の写真入りの記事があるが、虚子は記者の問いに答えて、「北海道は気候は大陸的で満州に似ていますが、さすが戦災をうけていないだけに十五年前と少しも変化はありません、北大ははじめてですがニレの香たゞよつていゝですね」と、印象を語っている。ここにも、まだ終戦後三年という時代性があるのも興味深い。

虚子の来道は、一五年ぶりということで、北海道各地の俳人が協力して歓迎の態勢をとっているが、北海道での一行の動向を詳細に伝える一冊の本『楡』が残されており、当時の様子を隈なく知ることができる。

このとき、北海道の六月にはめずらしく、つめたい雨の日が続いていたが、虚子は、白老の句会で、〈冬海や一隻の舟難航す〉という、思いがけない季題の句を出句し、実感に従ったという句作が話題となったが、この句は、白老の眞證寺に句碑となっている。

また、登別の小高い一角には、この大会の兼題「囀」の募集句〈囀や絶えず二三羽こぼれとび　虚子〉が句碑となっており、登別に隣接するカルルス温泉には、同地での吟行句〈よくぞ来し今青嵐につゝまれて　虚子〉が句碑となって残っている。

昭和二三年の虚子の北海道訪問の反響の大きさは、今もこのような句碑に見ることができるのである。

籐椅子

籐椅子は、最近は見かける機会が少ないように思えるが、かつては、お屋敷の奥の座敷の庭に面する縁側に、あるいは旅館の部屋の窓際に、また避暑の別荘のベランダにと、よく映画や写真で見たものであったし、旅先では自分で体験したこともあった。さっぱりした肌触りや風をよく通す編み目の坐り心地は、確かに夏のものだと実感がある。

しかし、その素材の籐のことはほとんど知らない。渡辺弘之著『熱帯林の恵み』（京都大学学術出版会）の「ラタン　地上最長の植物と高級家具」（注：籐は英語でラタン）に頼ると、「ラタンはトウ属、キリンケツ属のつる性のヤシの仲間で、（中略）東南アジアにもっとも多く、六〇〇種にも及ぶとされ、東南アジアの熱帯林を特徴づけるものとなっている。中でも、その八〜九割がインドネシア、それもボルネオの南側、カリマンタンで生産されている。直径は細いもので三ミリ、太いものでは何と一〇センチを越える。長さも多くは二〇メートル程度だが、最長のものは三〇〇メートルにもなり、陸上でもっとも長い植物だといわれる。いずれも大きな葉の先に棘のついた長い鞭をもち、つるのまわりにも輪状にたくさんの棘をつけていて、これで他の樹木にからみつきながら、樹冠に登っていく。」と思いがけない姿が紹介されている。写真を見ると、つるのまわりの長い鋭い棘に、これが籐なのかと驚かされる。ラタンは、タケとは違い、つるのなかまで詰まっていて中空ではない、伸びたつるの太さが同じで先細りしていない、軽くて曲げやすく加工しやすいなどの特徴があるという。熱帯林で採取されたラタンは、表面の棘をはずし漂白するなどして、家具や籠などの材料になる。

日本での籐工芸は、中国から伝わってきたもので、平安時代は重籐の弓など、江戸期には茶花の花器などがあり、籐椅子は明治初期に神戸や横浜に入ってきたという。皮付きの丸ままの丸籐、表皮を削いでなかの芯材を使う丸芯、その表皮を使う皮籐など用途によって使い分けられるラタン細工は、手芸の一つとして今も楽しまれているらしい（小畑郁子『籐《ラタン》を楽しむ本』日本ヴォーグ社）。

文学のいろいろな場面にも当然現れる。その一つに谷川俊太郎の詩集『日々の地図』（集英社）所収の「籐椅子」がある。これは、別荘の光景であろう。

海外航路の甲板にも籐椅子がある。虚子の昭和一一年の『渡仏日記』。日本を離れて間もない「南支那海」の三月一日の項を節録する。

　甲板に出て、初めて指定してある籐椅子に腰を掛ける。天気が見る〳〵中に晴れて来る。飛魚がしきりに飛ぶ。

（中略）

章子が夏服に着替へる。しばらく扇風機をかける。

　甲板をよろめき歩りき籐椅子に

　籐椅子出すボルネオ海を航行す

翌三月二日には、「今日から船員は皆夏服」とあり、〈籐椅子は左舷輪投は右舷かな〉ともあって、当時の外国航路の船旅の一端が窺われる。

紫陽花

山本健吉編『日本の名随筆18　夏』（作品社）からの孫引きであるが、泉鏡花の随筆に「森の紫陽花」という文章がある。「千駄木の森の夏ぞ昼も暗き、此処の森敢て深しといふにはあらねど、おしまはし、周囲を樹林にて取巻きたれば、不動坂、団子坂、巣鴨などに縦横に通ずる蜘蛛手の路は、恰も黄昏に樹深き山路を辿るが如し。」と書き出されている時代のその場所に、「其の浅葱なる、浅みどりなる、薄き濃き紫なる、中には紅淡き紅つけたる、額といふとぞ。夏は然ることながら此の辺分けて多し。明きより暗きに入る処、暗きより明きに出づる処、石に添ひ、竹に添ひ、籬に立ち、戸に彳《たゝず》み、馬蘭の中の、古井の傍《わき》に、紫の俤なきはあらず。寂たる森の中深く、もう〳〵と牛の声して、沼とも覚しき泥の中に、埒もこはれ〴〵牛養へる庭にさへ紫陽花の花盛なり。」と、今日では想像もできない光景が描かれている。

あじさいは、日本で生まれた花木であって、『万葉集』には「安治佐為」「味狭藍」の表記で二首残されている。

あぢさゐの八重咲くごとく八つ代にを
　いませ我が背子見つつ偲はむ
　　　橘　諸兄　（四四四八）

（あじさいが次々と色どりを変えてま新しく咲くように、幾年月ののちまでもお元気でいらっしゃい、あなた。あじさいを見るたびにあなたをお偲びしましょう。）

言とはぬ木すらあぢさゐ諸弟らが
　練りのむらとにあざむかえけり
　　大伴家持　（七七三）

（口のきけない木にさえも、あじさいのように色の変わる信用のおけないやつがある。まして口八丁の諸弟らの練りに練ったご託宣の数々にのせられてしまったのはやむをえぬことだわい。）

伊藤博訳注の新版『万葉集』（角川ソフィア文庫）に頼ったが、どちらの和歌もあじさいを比喩として使っているものの、その意味が全く対照的なのが面白い。

あじさいは、その後『源氏物語』にも『枕草子』にも現れず、和歌にもあまり登場していないらしい。あじさいが「紫陽花」と表記されるのは、源順が『倭名類聚鈔』に「白氏文集律詩云、紫陽花和名安豆佐為」とあやまって当てたことによると諸書にあるが、何故か江戸時代の園芸ブームで、いろいろな花が競って品種改良が行われたなかで、紫陽花は取り残されていたという。

俳句では、芭蕉の二句を初め、数多く詠まれたらしいことは、『俳諧歳時記』の例句からよく分かるが、杉本秀太郎は『花ごよみ』のなかで、〈あぢさゐやひるも蚯蚓《みみず》のくもり声　暁台〉を挙げて、「この俳句は、江戸後期、名古屋の俳人、久村暁台（寛政四年・一七九二没）の作。時代は少し古いが、あじさいの句としてこれを見のがすわけにはゆかない。梅雨どきの物の色、物の匂い、物の音を、神経質な十七文字が、みごとにとらえている。」と評価している。『俳諧歳時記』を見ると、この句を含め、暁台の句が四句も挙がっているから、好きな季題だったのだろう。

虚子は、明治三二年五月、大腸カタルで入院、一時危篤とも言われて、退院後修善寺温泉の新井屋で療養したとき、「新井屋の庭には紫陽花多し」と前書きして、二句がある。

紫陽花や昼寝さめたる庭の面

紫陽花の花に水増す五月雨

これが『年代順虚子俳句全集』にある紫陽花の初めての句であるが、明治三四年六月の虚子庵例会の虚子の句、〈紫陽花の花に日を経る湯治かな〉は、この修善寺・新井屋を思い出したものかもしれない。

蝸牛

「蝸牛」は、『風生編歳時記』を初め多くの歳時記では「かたつむり」と立項しているが、虚子編『新歳時記』や『俳諧歳時記』は、「かたつぶり」としている。『日本国語大辞典』は、「かたつむり」と立項し、〔「かたつぶり」の変化した語〕と注記しているから、今は清音が一般的であるらしい。かたつむりと言えば、今もすぐ、「でんでん虫々　かたつむり、お前のあたまは　どこにある、角だせ槍だせ　あたまだせ。」（岩波文庫『日本唱歌集』）を口ずさむことができるが、これが明治四四年に制定された『尋常小学唱歌一』にあるというから、ずいぶん長く親しまれてきたことになる。かたつむりは、どこででも、古くから身近に見られた生き物で、その姿態に親しみがあり、いつの時代にも子供の遊び仲間であったから、各地各様の童ことばとして方言が多く存在する。柳田国男は、これを丁寧に収集し、その伝播の類型を分類し、『蝸牛考』を著した。

その論考は、『日本国語大辞典』の解説を借りると、「柳田国男は『蝸牛考』で、全国の『かたつむり』の方言をナメクジ系（A）・ツブリ系（B）・カタツムリ系（C）・マイマイ系（D）・デデムシ系（E）の五類とその他に分類し、京都を中心に分布するデデムシ系（E）を囲んで、ほぼABCDEDCBAの順に並んでいると判断し、これは京都でABCDEの順にことばが誕生し、地方に伝播していったために形成されたと考え、いわゆる方言周圏論の典型的な例とした。」と紹介されている。

日本の古典文学においては、『堤中納言物語』のなかの、「虫めづる姫君」の一節に、「『烏毛虫《かはむし》（毛虫）は、毛などはをかしげなれど、おぼえねば、さうざうし』とて、蟷螂《いぼじり》、蝸虫《かたつぶり》などを取り集めて、歌ひののしらせて聞かせたまひて、われも声をうちあげて、『かたつぶりの、あいのの、あらそふやなぞ』といふことをうち誦《ずん》じたまふ。』」とある（新潮日本古典集成『堤中納言物語』新潮社）。また『梁塵秘抄』の「舞へ舞へ蝸牛　舞はぬものならば　馬の子や牛の子に　蹴《く》ゑさせてん　踏み破らせてん　真に美しく舞うたらば　華の園まで遊ばせせん」（四〇八）もよく知られていよう。西郷信綱著『梁塵秘抄』（日本詩人選22・筑摩書房）によれば、「『舞へ舞へ蝸牛』、蝸牛が角を出して這いまわるのを『舞ふ』という。マフはマハル（廻）と同根、現に蝸牛は円を描いて這いまわるが、これはやはり童児の口遊びに出たいいかただろう。」と説いている。

俳句の場合を見ると、多くの俳諧の手引き書に「蝸牛」の項があり、その結果、『俳諧歳時記』（同書は江戸時代の句を多く収録しているのが特徴の一つとなっている）を見ると、「蝸牛」の場合も、例句五八句のうち五六句が江戸時代の作句のもの、近代は、子規と月斗の二句のみである。現在の虚子編『新歳時記』（増訂版）でも、例句の半分は江戸期のものであって、かたつむりが俳諧においても広く親しまれてきたことが分かる。

さて、虚子の「蝸牛」の句を見ておきたい。『年代順虚子俳句全集』全四巻（明治二四年〜昭和五年四月の俳句）には、一六句収録されている。その「蝸牛」の読み方を考えてみると、三音のもの（例えば、下五に、蝸牛かな）六句、四音のもの（上五に、蝸牛の、でむしの、の如き）八句、五音（上五に、蝸牛）二句となっており、四音がおおい。昭和五年五月以降の句は、五年毎の『句日記』六冊に収録されているが、ここにも一六句見ることができる。これの読み方を分けると、三音一句、四音一三句、五音一句、六音（でんでん虫）一句となり、圧倒的に四音の読みが多い。ことにひらがなで表記した五句はすべて「ででむし」であり、漢字表記の「蝸牛の」というような句も、「まいまいの」ではなく「ででむしの」ではないかと思わせる。

このように見ると、柳田国男の「京都を中心に分布するデデムシ系」という捉え方が、虚子の句の表現にも見えているということになろう。

虚子の句、〈主客閑話ででむし竹を上るなり〉には、「明治三十九年五月三十日。句仏、北海道巡錫の途次来訪を機とし碧梧桐庵小集。会者、鳴雪、句仏、六花、碧梧桐、乙字、碧童、松浜。」の詞書がある。蝸牛から逸れるが、大谷句仏につながることを記しておきたい。

「ホトトギス」の昭和三四年六月号は虚子追悼号であるが、これに同年四月五日句仏上人一七回忌法要記念講演を頼まれていた虚子の口述録がある。それを見ると、虚子は、暁鳥非無を通じて句仏師から求められて親しく会うようになっていたが、その後碧梧桐を紹介し、碧梧桐は句仏師に全国行脚の計画を話して、師の賛成を得たと経緯が語られている。このような虚子の斡旋で、明治三九年、碧梧桐は『三千里』という著作を残す大旅行に出るが、その送別句会で、虚子は、〈上人の俳諧の灯や灯取虫〉を残している。碧梧桐の旅費も留守宅の生活費も東本願寺法主大谷句仏の援助によるものであった。「主客閑話」の句も、「上人の」の句も、虚子の句仏上人への思いを詠んだ句である。

虚子の句帳に残る生涯最後の句は、

句仏師十七回忌追憶

独り句の推敲をして遅き日を　　虚子

であった。

虚子は、このような記念講演稿や俳句を仕上げて、四月一日夜、突然意識不明となり、意識の戻らぬままに、四月八日逝去されたのであったが、まさに句縁・法縁を全うした最後であったと諾えるのである。

黴

「黴」という季題は、日本の気候条件からするとかなり古くから使われていたように思うが、そうでないことを知って驚く。例句を一番入念に採録している、『図説俳句大歳時記』は、高浜虚子以降の俳人ばかりであるし、虚子の句〈この宿をのぞく日輪さへも黴〉も昭和一二年の作である。虚子自身では、〈厚板の錦の黴やつまはじき〉の句などを大正一〇年に作ったのが一番初期の句らしい。

注記しておけば、『図説俳句大歳時記』の〈この宿の〉の句は、異同があり、『句日記』では、〈此宿はのぞく日輪さへも黴〉である。また『五百五十句』では、下五が「さへも黴び」と動詞の黴びに推敲されているが、最終的には〈此宿はのぞく日輪さへも黴〉とされる。

『俳諧歳時記』は、春の部を担当した虚子が、序文にわざわざ、江戸時代の俳人は改造社の指定によると書きおくほどに、古い例句を採録する方針を貫いているのだが、「黴」の項の例句は青木月斗などである。

江戸時代の有名な俳諧作法書『毛吹草』（正保二〈一六四五〉年）は、「黴《ついり》」という項があるものの例句がないし、曲亭馬琴『俳諧歳時記栞草』（嘉永四〈一八五一〉年）にも立項はされていない。

それでは、用例が全くないかというと、黴の語の入っている例が、芭蕉にある。大変有名な七部集の一つ、『冬の日』第四の歌仙「炭売」のなかに、

ふゆまつ納豆たゝくなるべし　野水
はなに泣《なき》桜の黴とすてにける　芭蕉

とある。ただし、歌仙の約束上（ご関心の向きは、岩波新書『歌仙の愉しみ』参照）、発句が冬で始まるこの歌仙の初折の裏十二句の、最後の句の一つ前である芭蕉の句は花の定座で、夏の黴を詠むところでないから、季語は、はな（桜）であり、五七五であっても発句ではないから、俳句として取り上げられることはないのである。

貝原益軒編纂という『日本歳時記』（貞享五〈一六八八〉年）では、「梅雨霽《はれ》て後、書を日に晒すべし、新薦にひろげ、表紙を下にして乾す。苧縄に懸て晒せば表紙損ず。」云々と、「曝書」の作業について詳細に目的や方法を解説し、書物だけでなく、図画墨跡、衣服、甲冑兵具などについても日に晒すべしと書き、「梅雨にかびたる衣服をば、梅葉を煎じて洗べし」などと書くほどに、黴に注意を払っているのだが、何故か、俳句に詠まれなかったらしい。厭うばかりで俳諧味を思わなかったのだろうか。

十薬

どくだみという野草の一番古く、明確な記憶は、子供の頃の生家の庭の北の隅にあった小さな窪みにある。いつも水が湧いていて、そのまわりはうす暗く雑草に覆われていた。夏になると白い四ひらの花が咲いたが、寂しい白であった。独特の悪臭があって忘れがたい。擦り傷などの怪我をしたときは、この葉を手で揉んですり込めばよいと大人から教わった気がするが、実行した記憶はない。今住んでいるJR南武線の線路際などでも見かけると、そんな記憶を思い出す。

ドクダミ科の植物であるから、植物関係の本の見出しは、全てどくだみ、あるいはドクダミである。語源には、「毒溜め」「毒矯め」「毒痛み」から転じたと諸説がある。日本全土に見られるが、東南アジアやヒマラヤにかけて広く分布するという。書架の植物に関する普及書数冊を見渡して、一番詳しくどくだみを紹介しているのは、大場秀章『道端植物園』（平凡社新書）であるので、これを頼っていくが、「ドクダミを初めて学界に紹介したのは出島の三賢人のツュンベルクである。帰国後の一七八三年（天明三）に、スウェーデンの王立科学アカデミー紀要にこれをHouttuynia cordataとして図入りで報告したのが最初である。」と、記されている。園芸好きのイギリス人には、ドクダミも園芸植物に映るらしく、英国王立園芸協会が編集した『新園芸事典』（一九九二）にも採録されていると教えてくれる。

どくだみが「十薬」と呼ばれるのは、貝原益軒の『大和本草』（宝永六〈一七〇九〉年）に、「馬ニ飼フニ十種の薬ノ効アリトテ十薬ト号ス」とあることによるという。

従って、『日本国語大辞典』の解説も、「どくだみ」の項は、詳細な説明があるが、「十薬」の項の解説は、方言の説明を除くと、九行のみである。

俳句の季題の扱いとなると、これが一変する。手元にある歳時記九種で、「どくだみ」と立項する歳時記は、『俳諧歳時記』と『角川俳句大歳時記』の二種のみで、他は全て「十薬」で立項している。

やはり、白い四片の花が十字に開いていると見たてる姿が俳句に相応しい詩情を感じるからであろう。「どくだみ」と立項すると書いたが、正しくは両書の当てている漢字が愛用のワープロに発見できないための表記である。「十薬」を立項している七つの歳時記の傍題は、平仮名の「どくだみ」が五種、漢字が二種ある。

虚子の「十薬」の句は、明治三九年六月の〈十薬も咲ける隈あり枳殻邸〉が諸歳時記にも採録され、自選句集にも掲載されており有名であるが、昭和に入ってからの句、一九句もすべて季題は「十薬」で、「どくだみ」の例はない。

木下闇

亡くなった歌人前登志夫は、「NHK歌壇」や「NHK短歌」に連載した随筆を、『羽化堂から』(日本放送出版協会)と題して出版した。吉野の山住みと称して、その自然に染まった暮らしのなかから語られる話を、すこしずつゆっくり読んだ。

「お盆の山家」の一節に、折口信夫＝釈超空を語って、『海やまのあいだ』の、「供養塔」五首のなかの二首を紹介しているが、「邑《ムラ》山の松の木《コ》むらに、日はあたり、ひそけきかもよ。旅びとの墓」とあって、木むらという語が気になった。『広辞苑』にあたると、「こむら〔木叢〕木のむらがり茂ったところ。また、その下の暗いところ。万『御湯《みゆ》の上の――を見れば』」という説明がある。

『広辞苑』（岩波書店）の説明の後段を見れば、「こむら」は、木下闇の傍題にある、木の暮（あるいは、木の暗、木の晩）と係わるかとも思えるが、歳時記には発見できない。しかし、『日本国語大辞典』には、「こむら〔木叢〕木の群がり立っていること。また、その所。木のむれ。あるいは、樹木の枝葉が入り組んでいて、その下の陰になった所。」として、『万葉集』の同じ用例を挙げている。『角川古語大辞典（全五巻）』（角川書店）は、「こむら〔木叢〕木の群がった陰。木陰。また、木の群がって生えている所。森。」とあって、説明の順序が逆転していて、木下闇に近い。これに示されている歌も、『万葉集』の巻三の三二二である。

新日本古典文学大系『万葉集索引』（岩波書店）を繙けば、すぐ分かることであるが、万葉集には、「こむら」を使った歌はこの一例しかない。一方「このくれ」は、「木之晩」や「木暗」「許能久礼」「許乃久礼」など、使われる漢字は違っているが、一四例の歌が残されている。さらに、新日本古典文学大系の『万葉集』巻八・一四八七の解説では、「木の暗」は大伴家持が好んで用いた語として、四首挙げているから、古歌を愛誦してきた人々によって、今日の歳時記にのこったのであろう。

山本健吉の「木下闇」の解説（『日本大歳時記』）は、万葉集の「木の暗」の用例をいくつか挙げた上で、平安時代には「木の下闇」の語が好まれたとして、貫之などの歌を示している。たしかに、岩波の『八大集総索引』をしらべても、「このくれ」「こむら」の用例は発見できなかった。「木下闇」という季題は、このような文学の流れのなかで歳時記に定まってきたのであろう。

羽抜鳥

羽抜鳥身を細うしてかけりけり　　虚子

太平洋戦争をはさんだ一〇年くらいの幼少年時代、生家の台所から裏に出ると、自家用の畑の手前に鶏小屋があった。いつも一〇羽かそこら飼っていた。毎朝、卵を取りに行くのが子供の日課だったから鶏はまったく身近なものであったが、鶏に羽の抜ける時期があるなど知らなかった。

我が家では、年末になると年越しのご馳走に、その鶏を二羽ほど首をはねて（これは他人に頼っていたが）、庭に据えた薪ストーブに大鍋の湯を滾らせ、鶏を丸ごと漬けてから羽をむしり取る作業は子供の仕事だった。なにしろ、能登衆一〇人ほどの蔵人と家族、お手伝いさんなど二〇人分の料理だから、家中が大忙しの日が続いた。

鶏は、そんな存在であったのだが、羽抜鳥という言葉は、俳句を始めてから知ったのである。

あらためて調べてみると、鶏卵のためニワトリを飼う業者の人は、産卵を一年ほどつづけると、産みくたびれて自然換羽の時期にはいることを承知しており、換羽の時期は産卵しなくなることも把握していて、個体ごとに違う換羽を見極めて、全体の産卵がいつも満遍なく続くよう経営するのだという。季題の「羽抜鳥」とはいささか違うのであろうが、そのため、強制換羽などという仕組みも行うという。産卵しながら、徐々に換羽する品種も育てられているという。

『新歳時記』では、「羽脱鳥」を立項し、解説には「鳥の羽のぬけ更はるのは六月頃で、この頃の諸鳥を羽抜鳥といふ。鶏小舎には夥しく羽毛が散り、所々羽の抜け禿げてゐる鶏を見ると気の毒な感じもする。羽抜鶏。」とある。最後の「羽抜鶏」は傍題である。

諸鳥に羽抜けが起こるといっても、俳句では読み手の共感を得られるのは、やはり日常的に実見できる鳥類ということになろう。

『新歳時記』（増訂版）は、例句を七句挙げているが、季題を羽抜鶏とするもの三句、羽抜鳥が三句、残る一句は、駝鳥の羽抜けを詠んでいる。羽抜鳥とした句も、内容を読めば鶏を詠んだと思われるのが二句、おかめいんこが一句である。

立項した「羽脱鳥」の「脱」の字は使われていない。

『ホトトギス新歳時記』では、虚子編に従って「羽脱鳥」を立項しているが、例句七句中、羽抜鶏が四句、羽抜鳥が三句であり、いずれも鶏を詠んだ句と思われる。

『日本大歳時記』は「羽抜鳥」を立項し、傍題に、「羽抜鶏、羽脱鶏、羽抜鴨、羽抜雉子、鳥の換羽」を挙げ解説に、冬羽から夏羽に抜けかわる鳥のことであるとして、具体的に十姉妹やインコのような飼鳥は六月頃、鶏などはそれより遅れて晩夏に抜けかわる。さらに雉子や雁、鴨を列挙している。

『角川俳句大歳時記』でも、「羽抜鳥」を立項、傍題や解説はほぼ同様であり、それぞれの例句も鶏を詠んでいるものがほとんどである。

虚子の「羽抜鳥」の句は、生涯に一〇句あるが、そのなかの

羽抜鳥身を細うしてかけりけり　虚子

という句は、虚子が句集『五百句』に採録し、さらに虚子編や汀子編の歳時記、『日本大歳時記』の例句としても取り上げられているよく知られた一句であるが、虚子の『句日記』を調べると、思いがけないことに、「昭和六年十二月二日。偶成。」とある。

偶成とはいえ、一二月の作句であることに驚く。あるいは痩せさらばえた鶏を散歩の途中で見かけてあわれに思い、羽抜鳥という季題を思い出したのかもしれない。

虚子は、昭和二三年六月に北海道を旅行したとき、白老の海岸を吟行し、その後の句会で、

冬海や一隻の舟難航す　虚子

の一句を出句し、同席の人々を驚かせたという有名な話がある。句会後に問われると、雨が降っていて寒々と感じたからと答えたという。この話を思い出した。

ただ、この羽抜鳥の句については、多少事情があるのではないか、と推測している。それは、虚子の「羽抜鳥」の句は生涯に一〇句あるが、そのなかに、掲出句に先んじて、

羽抜鳥土をけたて、走りけり　昭和五年五月
遠足の生徒に追はれ羽抜鳥　同
つまづきて逃げまどひけり羽抜鳥　昭和六年六月

という鶏が走る情景を描いた句が三句ある。これらは全て句集『五百句』に採録していない。満足し

ていなかったのであろう。

だが、日常的に鶏を見るにつけ、羽の抜けたときの姿をあわれと思う気持ちが、虚子の心の底に沈潜していたのではなかろうか。昭和六年一一月一四日に、「文藝春秋」と「朝日新聞」から翌七年の正月の句を求められたとき、それぞれに提出した一句はともに「初鶏」という季題であった。昭和七年の干支は申であるから、初鶏を選んだのは、虚子に鶏への思いが残っていたからではないだろうか。

羽 抜 鳥 身 を 細 う し て か け り け り　　虚子

この一句が偶成として生まれたのは、その半月後の昭和六年一二月二日である。心のなかで育てられていたものが、ある日忽然として言葉に描かれたのである。

この一句は、この日付とともに、『五百句』に残っているのである。

半夏生

「半夏生」という季題は、一般には湿性の公園などでよく見かける葉の表の半分ほどが白く変わる草を俳句に読むことが多いと思うが、時候の仏教に係わる「半夏」という用語もあり、また別の植物を指すこともあるなど、混乱することがあるので、煩雑になるが、各歳時記等を読み直して整理してみたい。

『風生編歳時記』にある「半夏生」の解説は、つぎの通りである。
半夏生　半夏　片白草　半夏雨
七月二日または三日。夏至から十一日目と言うのが普通。半夏、または半夏生草（烏柄杓）と言う毒草が、この頃生ずることから来た名称と言う説もある。片白草は、溝辺に多い野生の毒草だが、半夏生の頃、梢葉の二三片が白く変色するところから来た名称で、形代草とも書く。半夏雨は、半夏生に降る雨で、大雨になると言う俗説がある。半夏生は、農家にとって要注意日とされている。

次に、少し長いが、『新歳時記』（増訂版）から引用する。
半夏生　七月二日頃、夏至から十一日目の日である。或はこの日を第一日とする五日間のことも半夏生と呼ばれるやうである。漸く梅雨からあけ田植も終る。この日は天から毒気が降るといつて、菜類を断つ風習があつた。又、雨が降れば大雨となるといひ伝へてもゐる。この頃には半夏生といふ毒草が生ずるので此名があるともいふ。この草は、「どくだみ」と同属の草で、花をつける頃になると、梢葉の二・三は変じて表面のみ白色となる。それで「片白草」とも「三白草」とも呼ばれるのである。この白葉に対して花穂を伸ばし、細い花を咲き綴る。これも白い。
水辺に多い二尺許の野生草である。形代草。

『新歳時記』の解説の真んなかあたりに、「この頃には半夏生といふ毒草が生ずる」とあるが、この半夏生という語をゴシック体で示しているのは、傍題として植物の「半夏生」を明示するためであろう。また、最後の形代草もゴシックで示されてあり、これも傍題であると分かる。

以上、二つの解説を読むと、「半夏生」とは、第一義的には、時候の季題であり、夏至から十一日目という日を指すと知る。七十二候で言えば、仲夏の末候の五日間を意味することもあるという。第二義として、風生編は、半夏または半夏生草即ち烏柄杓が、時候の半夏生という語の由来だとする説を挙げて、半夏を傍題にしているが、虚子編ではこれを採っていない。虚子編は、「どくだみ」と同属の片白草を半夏生として、これが時候の名となったとする。これにより、第三義には、「どくだみ」属の半夏生（これが池や沼の縁によく見かける植物）となる。

『日本国語大辞典』の「半夏生」の項を繙くと、「①（半夏（カラスビシャク）が生える頃の意）七十二候の一つ。夏至の第三候。（以下略）②ドクダミ科の多年草。（以下略）和名は、半夏生の頃に白い葉をつけるからとも、また、葉の半面が白いのを半分化粧したという意味からともいう。漢名、三白草。かたしろぐさ。（以下略）」とある。

この解説は、『新歳時記』と同じ内容であると言えよう。

また同書の「半夏」の項には、①植物、烏柄杓《からすびしゃく》の漢名。②「はんげしょう（半夏生）①」の略。③仏語。夏安居の結夏と夏解の中間、つまり九〇日にわたる安居の四五日目の称、とある。従って、半夏生と半夏とは異なるものとして解説されているのである。

さらに、『角川俳句大歳時記』を調べると、時候の季語として、「半夏生」を挙げ、七十二候の一つ、夏至の三候としている。植物の部の季語では、「烏柄杓」は、「サトイモ科の多年草で、畑のほとりや土手、畦畔などに自生」し、漢名は半夏としている。また別に、「片白草」（傍題に、半夏生草・半夏生・三白草）を立てて、「ドクダミ科ハンゲショウ属の臭気のある多年草。別名、半夏生。低地の水辺や湿地に群生する。（中略）花序に近い数葉は開花時にその下半部が白くなる。花穂は白い小さな花を多数つける。」などとあり、「烏柄杓」と「片白草」を明確に分けている。

ちなみに、林弥栄『日本の野草』（山と渓谷社）を参照すれば「ハンゲショウ　カタシログサ」を挙げ、ドクダミ科ハンゲショウ属とし、「カラスビシャク　ハンゲ」には、サイトモ科ハンゲ属としており、分類の科において「ドクダミ」科と「サトイモ」科と異なっていることが分かる。

このように調べてみた結果、「半夏生」という季題は、時候としての「半夏生」があり、植物としての「半夏生」は、公園などで見かける葉の表面が白くなっているドクダミ科の「半夏生」と理解しておくのがよいのではないか。

「烏柄杓・半夏」は、サトイモ科で、同じサトイモ科のテンナンショウ属のテンナンショウやマムシグサほどには目立たしくはないが、仏炎苞を持つというから、植物の姿として明らかな違いがあり、別の季題として詠むべきではないか、と考える。

茄子

茄子は、野菜として、煮る、油で揚げる、焼く、蒸す、漬物その他、色々な調理法に適するから、古くから親しまれてきた野菜の一つである。それ故に、よく知られている暮らしの諺なども、すぐ口に出てくる。それにまた、本当の意味はという講釈が二つ、三つ付けられるから賑やかである。例えば「秋茄子は嫁に食わすな」は、嫁いびりとか、子種なしを避けるとか、不消化だから健康のためとか、の類である。山田貴義著『まるごと楽しむナス百科』（農山漁村文化協会）は、大阪府農業試験場勤務という経歴を持つナス研究家の著作であるが、この諺にふれて、上のよくある解釈とは別に、『夫木和歌抄』（延慶三〈一三一〇〉年頃成立）の、「秋なすび醅《わささ》（新酒の意）の粕につけまぜて、よめにはくれじ、棚に置くとも」という歌があって、よめとは夜目、即ち鼠であって、鼠に食われぬように棚の上に置け、の意味であるという見解を示している。それはともかく、同書は、研究者としての解説が多彩で面白い。ナスの原産地はインドで、中国への伝播は、後魏時代（四〇五～五五六）の記録があり、日本では、『正倉院方書』に、「天平勝宝二（七五〇）年六月二十一日藍園茄子を進上したり」の記録があるという。茄子の種類は、長ナス、中長ナス、丸ナスと大別できるが、九州・四国は長ナスの比率が過半数を超え、関東・東海では中長ナスと丸ナスがほぼ半々となり、東北・北陸では丸ナスが六割を超えるという。長ナス、丸ナスといってもその長さ、大きさにさまざまな形があるから、出身地の思い出に繋がることになる。色合いもまたしかりである。

余談を一つ。日頃愛用する辞書と言えば、電子辞書の『広辞苑』であるが、『広辞苑』の初版は、昭和三〇年五月である。手元には、同三四年三月の初版第六刷がある。学生時代に購入した。その「木簡」の項を見ると、「主として前漢から東晋へかけて文書その他を小木片に書きしるしたもの。敦煌などから発掘。云々」とあり、『広辞苑』初版の当時は、木簡はまだ日本で発見されていなかったことがわかる。日本の木簡は、奈良の平城宮跡の発掘で見つかったのが最初らしい。昭和六一（一九八六）年からそごうデパート予定地を発掘調査して、長屋王邸宅跡から三万五千点余の木簡が発掘されたが、そのなかに、「加須津韓奈須比」と書かれているものがあった。粕漬の茄子と読まれている（佐原真『食の考古学』東京大学出版会）。天武天皇の孫として左大臣まで務めながら、反逆の疑いで自殺にいたった長屋王も茄子を好んでいたのであろうか。

ハンカチ

「ハンカチ」は『風生編歳時記』の立項に従っているが、『新歳時記』では「ハンカチーフ」、角川書店や講談社の大歳時記などは、「汗拭ひ（い）」で立項している。大歳時記では、解説を詳しく書くことができるので、今日の日常用語であるハンカチよりも、日本語として古くから使われている汗拭いをまず挙げているのであろう。

各歳時記の傍題を見れば、ハンカチ、ハンケチ、ハンカチーフ、汗拭ひ、汗ふき、汗手拭、汗のごひ、などがあり、例句も、虚子、素十、万太郎には「汗拭ひ」があるが、その後の句は、「ハンカチ」の系統となっているのは、今や全く日常化した言葉となっているから当然であろう。

大歳時記を読むと、「汗拭ひ」は、寛永一八（一六四二）年の『初学抄』あたりから俳諧で使われ始めたらしいが、『日本国語大辞典』の「汗手拭」の項の用例に、浮世草紙・新色五巻書（一六九八）が挙げられているから、ほぼこの時代から一般的に使われ始めた言葉なのであろう。

ハンカチは、『世界大百科事典』（平凡社）によると、日本人の目にふれるのは幕末開国以後で、明治初年から急激に普及したとある。『日本国語大辞典』の用例に、二葉亭四迷の「浮雲」や徳田秋声の「黴」があるのも、明治の新しい風俗を描いたのであろう。

虚子の「ハンカチ」の句はと調べてみた。

『年代順虚子俳句全集』第四巻の昭和三年に、

羅のたもとにすきぬ汗拭ひ

がある。同句集の季題索引では、「羅」の分類にいれてあるが、後年の河出文庫版『虚子自選句集夏』では、「汗拭ひ」の句として分類されている。

また、『句日記』では、昭和一一年に次の句がある。

ハンカチの蝶と細りて尚振れる

これは、虚子の唯一度の海外旅行であるフランスからの帰路である、五月八日の箱根丸を見送る光景を詠んでいる。

虚子の「ハンカチ」の句は、どうやら生涯に三句らしい。その三句目は、昭和二一年七月七日、小諸の虚子草庵で行われた句会の句で、このときは「ハンケチ」である。

ハンケチを振り又口を蔽ひもし

生涯を和服で通した虚子は、この季題はあまり得手ではなかったように思える。

灼くる

先ず『日本国語大辞典』を繙けば、「やける〔焼・妬〕」の項に、文語体で「や・く」とあり、語義の四番目に「日光にあたって熱くなる。現代俳句では、『灼』の字をあてることが多い。」と解説する。確かに、どの歳時記を見ても「灼くる」を立項して新しい季語と解説を加えており、虚子編『新歳時記』には採録されていない。語感が合わないからであろうか。

『広辞苑』の解説では、「やける〔焼ける〕」の語意の一つに、「（「灼ける」とも書く）」と注記し、夏の季語とする。『平家物語』巻第六「入道死去」の清盛が病となって「身の内のあつき事火をたくが如」き状態となり、その熱を冷まそうと、「筧の水をまかせたれば、石や鉄《くろがね》なんどのやけたるやうに、水ほどばしつて寄り付かず」を用例におくが、季語では自然界の現象と見るのが相応しいと思う。

むしろ、辻井喬の小説『父の肖像』の冒頭の一節、

> 父の郷里のことを思うと必ず浮んでくる光景がある。それは低い土塀に囲まれた、細い曲りくねった路地だ。灼けるような太陽がくわっと照りつけていて、あたりは物音ひとつしない。それでいて誰かが息を潜めて戸外を窺っている気配がある。
>
> この光景が変なのは、私がどこにいてそれを見ているのかが分らないことである。土塀に囲まれた家のなかにいるのか、太陽に灼かれている道をひとりで歩いているのか。

私は濃い血が澱んでいる塀のなかの人たちから孤立している。（以下略）

という感覚が、新しい季題らしいと考える。

付け加えるまでもないが、詩人・小説家辻井喬は、元西武セゾングループの総帥堤清二で、父は一代で西武王国を築いた堤康次郎である。父の女性遍歴に自らの出生の疑惑を拭えないままに育ち、東大時代には共産主義運動に走るなど逆らいもするが、父が衆議院議長となるやその秘書となり、父を捨てきれなかった。その父の一代記である。

『新漢語辞典』（岩波書店）の「灼（シャク）」の項を見れば、意味の①に「火にあぶる。熱する。やく。やける。」②に「明らか。きらきら」とあって、特に才能・功績がひときわすぐれているさまを意味する「灼灼」という漢語が見える。瀬戸内寂聴の晩年の世阿弥をテーマにした小説『秘花』（新潮社）のなかに、義満が目をつけた白拍子を表現して、「桃の夭夭たる　灼灼たる其の華」と詩経の一節が引用されているのに出会って、これも「灼」なのかと、漢字の難しさを改めて考えた。

噴水

西欧では、噴水は古くから庭園や公園、都市の広場などにあって、古代メソポタミアやアッシリアの遺跡からその構造の一部が発掘されているというから、歴史は古い。日本では明治時代になって、洋風建築や西洋式の公園が導入されてからのことであり、諸歳時記に、明治一〇年八月に上野公園で開催された第一回内国勧業博覧会に始まると書かれている。

噴水は、都市の空間構造や公園設計に組み込まれて普及していったということであるが、かつて仕事の一端として、日本の各地にパソコンのショールームを作る企画があって、内装を発注するデザイナーと札幌に出張し、大通り公園に差しかかったとき、デザイナーがここの噴水は私がデザインを担当したのですよと言うのを聞いて、日頃何気なく見ている噴水にデザインという確かな配慮があることを知った。

何年か前に、文京区弥生にある立原道造記念館に行ったとき、絵はがきのセットを買ったのだが、建築家であり詩人である立原道造は、やはり噴水に関心を持っていて、そのセットのなかに「噴水」と題する詩が二枚つづきに仕立てられてあったことを思い出して探してみると出てきた。一枚目の右端と二枚目の左端に噴水の水が躍る絵があって、噴水に囲まれるように、次のような詩が自筆で書かれている。

（一枚目に）

噴水

僕がひとりで噴水を見てゐると
誰かがやつぱりそばにゐる
明るい空が水の上で揺れながら
それで　顔を見合せて

僕たちはつい一しよに笑つてしまふ

（二枚目に）
色のついた空が
揺れながら噴水の頂上で
いつの間にか雲のやうに散つてゐる

僕がひとりで噴水を見てゐると

この詩の背景を知りたいと思って、立原道造記念館の電話番号を104に問い合わせたら、登録されていないという。文京区観光協会に尋ねると、最近休館となっているという。立原道造ファンには残念な状況になっているらしい。

高浜虚子の噴水の句を、『年代順虚子俳句全集』全四巻および『句日記』全六巻に探すと、

噴 水 や 水 の さ ゝ ら に 蝶 遊 ぶ　大正五年
さ ゝ や か な 噴 水 上 る 木 蔭 か な　昭和四年
柱 灯 を 支 ふ る 像 の 水 を 噴 き　同一三年

の三句がある。

一句目は、発行所例会での題詠句。ホトトギス発行所がまだ富士見町にあった時代で、五二名も参

加しているのがすごい。多くの歳時記にこれが採録されている。昭和四年の句は、五月一八日神戸港から満州に向かい、帰路の六月一三日朝鮮京城で新田如水の招宴を受けたときの句。

さて、三句目の〈柱灯を支ふる像の水を噴き〉について背景を書きたい。虚子は、昭和二三年六月、五度目の北海道旅行をした。六月一九日の北海道ホトトギス俳句大会に出席するためであった。終戦後間もない、まだ交通の混乱している時期であったが、幸い氷川丸が神戸・大阪・横浜・函館・小樽という航路に就いていたので、伝てを頼り、これを利用した。六月一〇日横浜港を出航し、一三日小樽港に上陸。二二日に小樽出航という、九日間の北海道であった。最後の二一日の夜、虚子は同行の身内やごく親しい人々と、小樽の丘の上に建つ和光荘に宿泊した。『句日記』に、「六月二十一日。小樽に向ひ、和光荘泊り。」として、六句残している。

アカシヤに凭れて杞陽パリの夢　虚子

髪黒くマーガレットの中に立つ　同

窓薄暑見下ろしものを食へといふ　同

娘何か云へり薄暑の窓に立ち　同

夏の雲徐々に動くや大玻璃戸　同

柱灯を支ふる像の水を噴き　同

虚子の噴水の句の三句目とは、このように小樽の和光荘で作られた六句の最後に記録されている句であったが、その作られた背景について、同行の京極杞陽の「北海道みやげばなし」から引用したい。

そこに立つて先生と暫くお話をした。その時私はワイマールで見たゲーテの書斎と寝室の感じを先生にお話した。

するとその日の晩餐の時に先生は、

「今晩は一つ計画がある。座談会をしようと思ふのです。」

といはれた。その座談会にあてられた和光荘の一室といふのは丁度そのマーガレットの花壇に面したホールであつて、室内に噴水が出来てゐた。その噴水には仄明い灯がともるのであつた。それを囲んだ籐椅子で座談会が行はれた。もう明日船に乗るといふ前の晩であつた。先生は「生涯で最も美しいとおもつたことを語りあつてみよう」と云ひ出された。

（中略）

しばらくすると先生は、

「美しいといへば死といふものは美しいかもしれない」

と云ひ出された。皆しんとした。先生が何を考へてゐらつしやるのか一寸つかめなかつた。

「子規が死んだ時、あのやうな強情我慢の男が死んでしまつたといふことは何か美しいといつていへないことのないやうな感じがした。」

といふやうなことを先生はいはれた。

杞陽にとって、この夜のこの虚子の話は深い印象となって残ったのであろう。再度、杞陽の引用になる。

よきホール語りあかさん明易し　　虚子

先生がやつと椅子をお立ちになつたのは十二時近くであつた。

「これで語り明かしたことにしませう」

と先生は云はれた。

子規没後四五年を経た小樽和光荘の一夜に、虚子は子規の死を美しいと語り、杞陽の名文によって、後々まで語り継がれることになった。〈よきホール語りあかさん明易し〉の句も、『句日記』に残されていないので、杞陽の「北海道みやげばなし」によって、伝えられている。

平成一二年の夏、俳誌「惜春」の北海道旅行に参加した方が、杞陽の文章を辿り、虚子が訪ねてから五二年後の和光荘を見ている。特別に入館を許されたのだという。虚子の詠んだ噴水の噴き出しの部分が破損し、現在は使われていないとのことであった。

巴里祭

東京スカイツリーが開業して、その初日から強風による営業の中止とか、虹や雷とともに写し出された光景、さらには大雨や雹のニュースなど、天候の激変の日々とともに、なにかと新聞、テレビの話題となって一週間あまり経った。

筆者が慶応の三田のキャンパスへ通学していたのは、昭和三三年春から三五年三月までであったが、その頃は東京タワーが完成し、毎日「幻の門」を下りてきて三田通りの信号に立つと、東京タワーを真正面に見る日々であった。だが、これに登った記憶はない。たぶん、料金はそれなりに高く、仕送り暮らしの学生には関心の向かない存在だったのであろう。

時間はあるけれど金がない。これは、田舎から出てきて、下宿暮らしをする学生にとっては、いまも共通するであろうが、当時は、アルバイトをする先がなかったから、ひたすら親の送ってくれる範囲で我慢する。万一、幸運があれば、家庭教師というバイトに出会うことがある。こんな時代だったから、名画座の洋画二本立て五〇円位であったかと思うが、これが時折の楽しみであった。勿論、テレビは食堂かそば屋で見るものであった。池袋に下宿し、三田に通う定期券の範囲で、いわゆる名画座という映画館では、東京駅八重洲口の前にあったビルの地下や池袋の文芸座のあたり。銀座にもあった。ときには、新宿に出て、伊勢丹の向かいにあった日活名画座といったかと思うが、記憶があやしい。したがって、どんな映画を見たか、その内容は、などと問われても答えられないが、たしかに「巴里祭」は何度か見たように思う。

「巴里祭」という季語について見れば、『角川俳句大歳時記』は、「パリ祭」と立項し、傍題に「パリー祭・巴里祭」をあげているが、その解説をそのまま借りると、「フランスの革命記念日にあたる七月一四日のこと。一七八九年七月一四日に、パリの市民が蜂起し、バスチーユ監獄を占拠した。これがフランス革命の先がけとなったことから七月一四日は、フランスでは建国記念日として祝祭日となっている。パリ祭というのは日本だけの呼称で、ルネ・クレール監督の映画、'Quatorze Juillet'（七月一四日）の邦訳題名を『巴里祭』と訳したことに由来する。新しい洒落た季語として定着している。」と書かれている。

つまり、「パリ祭」という季語は、フランスの建国記念日である七月一四日のことであるから、映画の題名である「巴里祭」と区別して、仮名書きの「パリ祭」を選んだということなのであろう。だが、それだけでは、俳句の季語として愛着をもたれる説明がつかない。「あたらしい洒落た季語」となるには、やはり一九三三（昭和八）年四月二〇日に日本公開された映画「巴里祭」が、あこがれのフランス、パリの下町の暮らし、街角の音楽に合わせて男女が踊るダンス、町中の旗や飾り、屋台の食べ物などなどを情緒たっぷりと見せてくれたからなのである。モーリス・ジョーベール作曲の主題歌もまた、シャンソンとして歌い継がれる名曲である。

監督ルネ・クレールは、「巴里祭」よりも前に、「巴里の屋根の下」を作り、パリの下町の情味あふるる作品で知られているが、その後「夜ごとの美女」「リラの門」など、多数の名作を残している。「巴里祭」のあらすじを簡単に言えば、花売り娘のアンナとタクシーの運転手ジャンの恋物語である。アパートが向かい同士ということで知り合い、互いに好意を持ち合うようになり、七月一四日の前夜、街の広場で踊り合う。一四日の朝巴里祭を二人で楽しもうと、アンナがジャンの部屋を訪ねると、女性の持ち物があることに気づき、誤解が生まれ、二人は、これまでとは別の世界の暮らしを始める。しかし、ときが経ち、二人は花売り娘とタクシー運転手に戻るが、あるときアンナの花を積んだ手押し車にジャンのタクシーが衝突するという出来事で、二人は再会する。俄雨の降るなかで、お互いの気持ちを知って、いつまでも抱き合うのであった。

このように書けば、まことにたわいないお話に見えるが、この映画の真髄は、ルネ・クレールの作り出したパリの下町の美しい情緒あふれる映像とそれをさらにもり立てる音楽にあった。東和の宣伝部長筈見恒夫は、題名にどうしてもパリの美しさを入れたいと苦心した結果、日本人には分かりにくい原題の「七月一四日」を捨てて、「巴里祭」と思い切った提案となったのだ。名画の評判は、この題名「巴里祭」によって一層高まり流行語となって、「〇〇菓子祭」とか「△△呉服祭」とか、いろいろな「祭」が氾濫するようになったという。

一九七〇（昭和四五）年に大阪で行われた万博の際に、日本最初の国際映画祭が開催されたとき、講演にルネ・クレール監督が招待され初めて来日したが、その折り川喜多長政は監督に、この「国際映画祭」もそうですが、日本ではいろいろの行事を「〇〇祭」というようになったのは、あなたの映画「七月一四日」を「巴里祭」という題名で公開して大ヒットして以来の流行ですよと説明して驚かせたというエピソードが伝えられている。

今回紹介している「巴里祭」の内容や挿話は、半蔵門にある公益法人川喜多記念映画文化財団のご好意で、閲覧、コピー（有料）させていただいた資料に頼っている。

ことに『東和の半世紀』（東和商事合資会社。以下、『東和』と略記）は、昭和三年一〇月に、川喜多長政が創立した東和商事合資会社に始まる、欧州映画の輸入の歴史である。かしこ夫人とともに、東和が日本に紹介してきた欧州の映画文化は、多くの方の記憶に残っているであろう。

『東和』のなかに、著名人が、東和が紹介してきた名画のなかの一本を挙げて論じているところがある。小説家安岡章太郎は、何故か、「パリ祭」と題してこう書き出している。「『巴里祭』とは誰がつけたか知らないが、ウマい題名だ。七月十四日がフランスの国民的な革命記念日だとしても、日本語で『七月十四日祭』といったのでは、この映画の雰囲気はつたわってこないだろう。」と。まさにその通りで、原題のままであれば、映画としてのヒットもなかったであろう。当然「巴里祭」という季語も生まれなかったことになる。

安岡はこの文章のなかで、寺田寅彦の「映画随想」という文章にこの映画に触れている部分があると教えているので、調べてみた。

『寺田寅彦全集第八巻』(岩波書店)に、「映画雑感(Ⅱ)」があって、五本の外国映画について寸評を書いている。その一つが「巴里祭」についてであるが、大変ユニークな批評で、俳人として興味をひかれる感想が述べられている。

「制服の処女」「ひとで(海盤車)」「巴里―伯林」と三本のドイツ映画、フランス映画を論じた上で、ドイツ人の映画は物事を理屈で押して行くが、フランス人の映画は「かん」の翼で飛んで行くと、それぞれの特性を対比させてから、「巴里祭」の評に移っているのだが、その書き出しのところを引用したい。


このような感じを一層深くするものはルネ・クレール最近の作品「七月十四日」(巴里祭―この訳名は悪い)である。この映画も云わばナンセンス映画で、ストーリーとしては実に他愛もないものである。しかし、アメリカ人のナンセンスとは全く別の種類に属するナンセンス芸術である。「猿蓑」や「炭俵」がナンセンスであり、セザンヌやルノアルの絵がナンセンスであり、ドビュシーやラベールの音楽がナンセンスであると同じような意味において立派なナンセンス芸術であるように思われる。

場面から場面への推移の「うつり」「におい」「ひびき」には、少しもわざとらしさのない、すっきりとして気の利いた妙味がある。これは俳諧の場合と同様、ほとんど説明の出来ない種類の

味である。（以下略）

と、思いがけないところで、俳諧の妙味という評価に出会って驚いている。寺田寅彦は、科学者ながら夏目漱石の弟子であり、藪柑子と号して俳句をよくしていることも、漱石の俳句を丁寧に論じていることも承知しているが、「巴里祭」を論じるなかで、俳諧を引き合いに出されるとは予想もしていないことであった。

寅彦の引用に戻る。「最後の場面で、花売の手車と自動車とが先刻衝突したままの位置で人気のない街の真中に、降りしきる驟雨に濡れている。あの光景には実に言葉で云えない多くの内容がある。これもその前の弥次の喧嘩と見物の群衆とがなかったら、おそらく何の意味もないただの写真としか見えないであろう。やはりフランス人には俳諧がある。」と評価する。このように言われると、今俳句に親しむようになった筆者に、「巴里祭」はどう見えるのか、是非もう一度この映画を見たいという思いがこみ上げてくる。

寺田寅彦は、この二年後の一九三五（昭和一〇）年に亡くなった。

いろいろ調べているなかで、こんな「巴里祭」にも出会った。岡本かの子の短編小説「巴里祭」である。岡本かの子は昭和五年から六年にかけて、新聞特派員として渡欧する岡本一平、画家として留学する岡本太郎とともに、欧州に渡り、ロンドン、パリ、ベルリンなど、それぞれ半年ほどを過ごしているが、その体験が、昭和八年の映画「巴里祭」に刺激されたのではなかろうか、昭和一三年七月に「巴里祭」を「文学界」に発表している。かの子は、翌一四年に亡くなるが、この年は、八月に「東海道五十三次」を、一一月には「老妓抄」を発表しているから、最後の充実した時期であった。

小説「巴里祭」は、「自らうら淋しく追放人といつてゐる巴里幾年もの滞在外国人」として、主人公淀島新吉は一六年も前に若い妻を日本に残してきたが、今また巴里祭を迎えてという設定で、人々のからみや、この日の街の情景が克明に綴られている。

「巴里祭」という言葉は、多くの日本人の心に定着したのである。

泳ぎ

「泳ぎ」という季題は、あまりに日常的過ぎて、俳句を作るためにわざわざ歳時記を確かめようとすることはないであろう。例句を確認するということはするかもしれない。

念のため、『新歳時記』（増訂版）の解説を引用する。

泳ぎ　暑くなると海や河に入つて泳ぐ。古来水練には水府・観海などの流派が多い。競泳は遠近遅速など泳ぎの競争。遠泳は遠距離を泳ぐこと。泳ぎ船は泳ぎに用ゐる船。水泳。遊泳。

とある。解説のなかの、水練・競泳・遠泳・泳ぎ船・水泳・遊泳はゴシック体となっているから、全て傍題である。

その他の歳時記もほぼ同じで、「泳ぎ」を立項し、傍題には、「水練　遊泳　競泳　遠泳（以下略）」などが挙げられている。だが、手元にある歳時記をいくつか調べてみても、なぜか虚子が傍題の一番に挙げている「水練」の例句を収録している歳時記は見当たらない。「水練」は、日本に古来から伝わる泳法であり傍題から外すわけにはいかないが、「泳ぎ」の日常性からはかけ離れているから、俳句にはなりにくいということであろうか。

念のため、『日本国語大辞典』の「水練」の項を繙くと、「①遊泳の術。泳ぐ技術。《季・夏》」とあり、使用例の文献として、「名月記―建暦二年（一二一二）一二月三日『称二上皇之厳訓一、偏好二弓馬又水練角力一』（以下略）」を挙げているから、水練は、いわば武道の大事な分野の一つとされていたことが分かる。しかし、今日ではあまり顧みられない言葉となっていて、武道と言えば弓道、馬術、柔道、剣道などを指し、水練を思い浮かべる人は少なくなっているのではなかろうか。

しかしながら、資料を調べると、日本水泳連盟が編纂した『日本泳法12流派総覧』（日本水泳連盟）という上下二冊の大著があり、一二の各流派について、沿革や現況、系譜、泳法紹介などを詳細に解説してあって、虚子の解説にある水府・観海などは、一二の流派の一として存在していることが分かる。

こうした日本泳法は、ことに平安中期以降の瀬戸内海の水運の発達や海上に於ける戦闘能力を高めるなかで、三島水軍とか村上水軍、来島水軍、能島水軍など、瀬戸内海の島々を中心とした水軍の操船術や遊泳術が、重要な武術として広まっていったのであろう。

となれば、伊予松山藩の末裔である虚子にとっては、それなりの関心があったにちがいない。虚子の残した著作を丁寧に読み直してみた。いつも参照する『年代順虚子俳句全集』の季題索引「泳ぎ」では、次の一句がある。

藻の花をかづいて出でし泳ぎかな　　明治三〇年

この句は、池で泳いでいて浮き上がったときに頭に藻の花が乗っていたというのであるから、水練の緊張感はない。やはり、「水練」で作った句はないらしいと思いながら一句ずつ読み直していくと、同じ明治三〇年に「水練（父七周忌）」と詞書をおいて、

上覧や藻の花に風矢立書き

という句に出会った。この句は「藻の花」の季題索引に分類されていて、なかなか発見できなかったのであったが、出会ってもこの句の背景を知らないとちょっと分かりにくい句である。

虚子の父、池内荘四郎政忠（後に信夫）は、明治二四年三月二五日に逝去したが、元は松山藩の剣術監という剣術の達人であることは承知していた。しかし、虚子が七周忌にあたり、「水練」と前書して、藩主の上覧をうける父の思い出を一句にするほどの水練の名手であったことは知らなかったから、私には思いがけない発見であった。句のなかの「矢立書き」は、静かに立ち泳ぎをしながら、上半身を水上に浮かせて、扇子に矢立の筆で和歌を書くという水練の術の一つなのである。虚子の思い出の文章を一部紹介しよう。

序に、父の水練の寄り子であつた東新吾といふ老人がよく話してをつた。お父さんの水練はえらいものであつた。当時並ぶものはなかつた、といつてゐた。私の幼時、旧藩主上覧の時、六十を過ぎてゐた父が、矢立書の水練をして扇子に和歌を書いたのであるが、其時体の上半身が軽々

と水上に浮いてゐたことを覚えてをる。

と誇らしく描いているのが微笑ましい。

先に紹介した『日本泳法12流派総覧　上』の教えるところにしたがえば、「神伝流」という流派は、「戦国時代に水軍の兵法として発祥したと考えられ」伊予の大洲藩に伝えられたが、寛政九年に伊予松山藩に継承されたと言われ、矢立書きはその技の一つなのである。

虚子が主宰した「ホトトギス」の歴史を繙けば、最初の二〇号までは、「ほと、ぎす」と題して、松山で柳原極堂が編集・発行していた。その松山時代の第五号（明治三〇年五月三〇日発行）に、虚子は「尚武居士略伝」を寄稿している。これは、亡父池内荘四郎政忠の七周忌にあたって、父、法名臨應軒寛栗尚武居士を偲んだものである。その文章に、幼くして剣術に励み、二五歳のときは四国九州の諸藩を回って剣術修行をし、後に松山藩の剣術監となったことは既に書いたが、その次の思い出として、「水練は松山藩の最奨励せしところ、先君（筆者注：父のこと）又最此技に巧みなり」と書き、「城東の野に御囲池と称するあり、是れ旧藩の水練場と定めたるところ」で、難しい潜水や飛び込みの技術を披露したことなどを綴っている。

また書に優れ祐筆をつとめ藩史をまとめた他、能楽の再興に貢献したなどと書いた上で、「ほと、ぎす」の同人に呼びかけて、「太刀」「水練」「文字」「謡曲」の四題を課した俳句を掲載している。例えば、「水練」では、子規の〈木の末に櫓見えけり水練場〉という句など二十数名の句が並んでいる。この題の虚子の句は、さきに紹介した「水練」の前書をつけた〈上覧や藻の花に風矢立書き〉であったことが分かる。

虚子は、昭和一五年三月、父の五〇回忌にあたり、本名の清で、『四国九州筋剣術試業中日記』（ホトトギス発行所）と題する私家本（非売品）を刊行している。これは、父の剣術修行中の日記を虚子が分かりやすく整理したものであるが、虚子の「父の五十年忌」という文も収録されている。このなかでも、父の思い出のなかに、水練に優れていたことを繰り返している。この文の最後の一行に、「父の思い出を書けば際限が無い。六十七翁の私が父の事を語るときは少年の昔に帰るやうで楽しい。」とある。

松山藩の水練場であった「御囲池」の辺りは、その後埋め立てられたが、今も築山町の地名が残っており、ここに青少年センターという施設が建てられ、隣接するように松山市の共同墓地がある。虚子の文章に、たびたび御築山の池内家の墓所を訪ねる様子が書かれているが、ここに虚子の祖父母以降の池内家の墓所があるということも一つの縁であろう。

夏座敷

「夏座敷」について、『新歳時記』の解説は、「障子・襖などを取り外して通風をよくし、室内を夏向きの装ひにした座敷をいふ。」と簡潔である。『日本国語大辞典』の解説も、「夏季の座敷。特に、襖、障子などをはずして開け放し、涼しくしつらえた座敷。」とほぼ同様な解説である。この「しつらえ」について、山田弘子氏が執筆している『角川俳句大歳時記』の「夏座敷」は、さらに詳細に、「夏高温多湿の日本では、昔から夏を涼しく過ごす工夫が施されてきた。部屋の襖や障子を外して葭戸に替えたり、簾を吊ったりして通風をよくする。また縁側に風鈴を下げ、音から涼味を誘ったりする。」と述べている。

「しつらえ」は、杉本節子『京町家のしきたり』（光文社知恵の森文庫）によれば、本来「室礼《しつらい》」で、京都の町家では、昔から六月に建具替えを行うという。障子や襖を外して葦戸に替え、部屋の境には簾を吊るす。畳の上には、油団や網代、戸筵を敷く。油団は和紙に柿渋を塗り重ねたもの、網代は籐蔓の皮を編んだもの、戸筵は竹の皮を薄くひごにして編んだものという。こうした敷物は、部屋に合わせた一枚で敷きこむのだという。こうした夏の室礼の建具は、それぞれに夏の季題となっているから「夏座敷」の句に描かれることはない。それ故にとも考えられるが、『年代順虚子俳句全集』全四巻と『句日記』全六巻を調べてみると、虚子の「夏座敷」の俳句は、明治時代に一句、大正時代に一句、昭和になって一一句とあまり多くはない。

そのなかで虚子が自選した句を見ると、『定本虚子全集第一巻　俳句・夏』（創元社）および『虚子自選句集第二巻　夏』（河出文庫）では、

海や山や明け放ちたる夏座敷　明治三二年
福を待つ床の置物や夏座敷　大正二年

の二句を挙げ、岩波文庫の自選の『虚子句集』は、

福を待つ床の置物夏座敷　大正二年
懸りゐる故人の額や夏座敷　昭和一三年

の二句である。

ともに自選として挙げている大正二年の句であるが、注目したいのは中七の「床の置物や」である。これは、昭和一五年一一月刊行の『年代順虚子俳句全集』のときからこの形であって、手元にある資料だけから言えば、昭和二九年の河出文庫版までは続いていたが、二年後の岩波文庫では「床の置物」と推敲されたものと思われる。

それはさておき、虚子に関心を持つものにとっては、大正二年は、特別の時期である。鎌倉文学館で開催されている特別展「高浜虚子」（平成二二年四月二四日〜七月四日）の図録を借りれば、「俳壇への復帰」である。

大正二年、虚子は三月の「ホトトギス」に「暫くぶりの句作」を発表し俳壇に復帰。自らを守旧派とし、季題と五七五の定型、いわゆる有季定型の俳句を「ホトトギス」の旨とした。そして、「俳句の作りやう」「進む可き俳句の道」などを連載し「俳句の王道」を読者に説いたのであった。『年代順虚子俳句全集』第三巻には、「暫くぶりの句作」に続いて、「其後の句作」が収録されている。そのなかに、「東京市郊外柏木の原月舟君の宅の俳句会に列席。運座。」とある一連の句のなかで、〈福を待つ床の置物や夏座敷〉の句について、次のように自解する。

　これは「福」といふ題を課したのであつた。床の置物は平常唯置物としてのみ眺めてをるが、ふと気がついて見ると其中に福をもとめる意味のものなどがある。さういふ福を待つ為の置物などを置いて取り澄ましてゐる夏座敷には一つのユーモアが漂うてをる。

〈霜降れば霜を楯とす法の城〉、〈春風や闘志いだきて丘に立つ〉、〈大寺を包みてわめく木の芽かな〉、

〈一つ根に離れ浮く葉や春の水〉などの名句が生まれた一方で、日常のユーモアにも心を寄せている虚子がいる。

紙魚

「紙魚」は、『新歳時記』の解説には、「紙類・衣服類を喰害する虫である。喰害すると衣類には汚染を残す。それから出た名前であらう。微細なえびに似て、三分くらゐで銀白色をしてゐる。走つて逃げるのが早い。雲母虫ともいふ。」とあり、『風生編歳時記』には、「衣類や書籍、紙類などの糊気のあるものを食害する昆虫。形が魚に似ているので、その名に魚の字が当てられている。」とある。

「紙魚」が夏の季題とされるのは、その紙魚対策として、昔から梅雨明けの好天の日に、「虫干し」（曝書）を行うから、紙魚が人目に付くのであろう。本来は、室内の本棚や簞笥の底などの暗いところを好んで潜んでいるのである。

「紙魚」には、紙の上を舐めるように食うので、その跡は地図状の不規則な平面になるヤマトシミという種類と、本に穿孔状の穴を残すシバンムシとがあるという。

紙魚について調べていると、しばしば『源氏物語』の「橋姫」の一節（「紙魚といふ虫の住みかになりて、古めきたる黴くささながら、跡は消えず」新日本古典文学大系『源氏物語四』（岩波書店）。注記すれば、『源氏物語』の用語検索によれば、紙魚という語が現れるのはこの一箇所だけである）が紹介されているが、これはヤマトシミであろうとする説に出会った（梅谷献二『虫の民俗誌』築地書館）。

紙魚の害は、日本の古今に止まらず、東西、つまり西欧にもある。ウィリアム・ブレイズ『書物の敵』（監修高宮利行・訳高橋勇・八坂書房）を紹介したい。ブレイズは、訳者によれば、ヴィクトリア朝イギリスの偉大な書誌学者で、本書は一八八〇年に出版されたものだという。『書物の敵』の目次には、「火の暴威」、「水の脅威」、「ガスと熱気の悪行」、「埃と粗略の結果」、「無知と偏狭の罪」、「紙魚の襲撃」、「害獣と害虫の饗宴」、「製本屋の暴虐」、「蒐集家の身勝手」、「召使と子供の狼藉」という一〇章があり、紙魚についてはかなりのスペースを費やしている。本書の監修者高宮利行氏は、巻末に「書物の敵あれこれ—監修者のあとがき」を書かれているが、そのなかに、グーテンベルク聖書の調査をしたときの体験が書かれている。大英図書館には、グーテンベルク聖書が二セット所蔵されているが、その一つで普段展示されていない羊革紙に印刷されている方を一枚ずつめくりながら、保存状態を調べていたとき、小さなふくらみに気付いたという。不審に思いながらさらにページを進めると、長さ四ミリの紙魚の死骸を発見する。管理のよい大英図書館の特に厳格に保存されているグーテンベルク聖書であるから、驚いてすぐに貴重書部長に連絡して、現物を確認してもらったが、大変な困惑ぶりであったという。かように、紙魚の存在は厄介なのである。

かくて、本の好事家は、自らを紙魚のように思い込む。

中野三敏氏は、近世文学の研究者として高名であるが、さらにその研究のための江戸本つまり和本の収集家研究家としても著名で、一般の読書家にも分かりやすい著作も多い。手元にも、氏の著作が三冊、『和本のすすめ』（岩波新書）、『書誌学談義　江戸の板本』（岩波書店）、『本道楽』（講談社）などがある。なかでも、『本道楽』は、研究者でもここまでくれば本集めが道楽という一代記を克明に綴っていて面白い。この本の目次を見ると、第一章が「紙魚の卵」、以下「紙魚の孵化」「紙魚、名古屋へ往く」「紙魚の帰郷」とあって、終章「紙魚供養」などと、自らが紙魚になって本を追いかけている。同書の「おわりに」の一節を少し長くなるが引用しよう。「それにしてもふり返れば、本当によく楽しませてもらった。ガンで死んだお袋の看病から、一〇二歳まで長生きした親父の世話まで何もかも女房まかせで、収入の殆んどを注ぎこみ、それでも足りずに年がら年中支払いの遅れに肝を冷やし、やれ初板本、それ異板と、傍目には全くどうでもよいことに血道をあげ、いつの間にやら数でいえば和本だけでも三万冊。戦前の本屋さんの目録は、もはや数えてみる気にもなれない。しかしありていに言えば、まさしくツン読状態もよいところ。研究者の蔵書というものは一冊一冊が、いわば辞書の一項目一項目に当るもの。必要なときに見るための書物であって、大漢和辞典十二冊を頭から一々読むわけのものでもあるまい。などと一応は尤もらしい言い訳も用意はするものの、実情は殆んど紙魚の住み家に提供したも同然。畢竟は集めることが楽しかったのではなかったか。いわば昆虫少年が背広を着て髭を生やしたに過ぎなかったようにも思えてくる。」と、紙魚が身に染みついたような研究者暮らしであるらしい。

このような買い手には、それに相応の売り手、つまり古本屋さんが必要だ。どこそこのお蔵にはどんな書物が眠っているか、的確な情報を探り出して斡旋する、そのような立場の方の姿を語っている本が、古書界で知られた弘文荘の主、反町茂雄氏を聞き手に、神保町を中心とする一二人の古書店主が語り手になっている『紙魚の昔がたり—昭和篇』(反町茂雄編、八木書店)である。こちらも紙魚を自称している。関東大震災以降の昭和、太平洋戦争以降の昭和、いろいろな時代に、いろいろな名家、旧家の蔵から発掘された古筆、書籍には、後に国宝となったものもあったとか。そこには、呆然とするしかない、古書の奔流がある。書物を見る、売り手買い手の目がある。

日盛

「日盛」とは、極めて日常的な言葉であるから、格別に調べてお伝えしたいことはあまりないのではあるが、本稿の基本線として、『新歳時記』の解説をまずは紹介しておきたい。

日盛　日中暑い盛りである。正午頃から二・三時頃迄。よく「今が日盛りだから、もうすこしてお出掛けになつたらよからう。」などといふ。

とある。『日本大歳時記』（講談社）の山本健吉の解説にも、「正午ごろから、ことに二時、三時ごろをさして言う。」とあり、『角川俳句大歳時記』でも「およそ正午から午後三時頃までと考えてよい。」とある。どうやら俳句の季題としての「日盛」には時間の限定があるらしい。

『日本国語大辞典』の「日盛」の解説では、「日中の日の盛んに照りつける頃。多く夏の午後にいう。」としているので、国語辞書としての説明は、具体的な時間までは言わないのであろう。個人的な体験から言えば、正午から二、三時あたりまでの暑さは格別という思いがあるから、季題として捉えたときに、各歳時記が時間を具体的に記述していることは、納得できる。

とはいえ、この二、三時間の日盛を一句のなかに、どう描写できるかとなれば、難しいところがある。

例えば、高浜虚子の「日盛」の句を各歳時記に見ると、

日盛りは今ぞと思ふ書に対す　『新歳時記』
日盛の二時打つ屋根の時計かな　『日本大歳時記』
大杉の巌の如し日の盛り　『角川俳句大歳時記』

とそれぞれ異なっている。

歳時記の例句は、各歳時記の出版された時期、例句選出者の判断などによって決まるのであろうから、それぞれが別の句を挙げているのは、ある意味で当然であろう。しかし、この季題では、虚子が圧倒的な代表句を作っていないために、各歳時記の例句がばらついたとも言えるかもしれない。

虚子は、「日盛会」と名付けて、明治四一年八月の一カ月間、毎日一句会を行うという、いわば荒行のような俳句会を実行しているから、「日盛」という季題が好きで、「日盛」という季題の句も多く残しているのではないかと思い、虚子の『年代順虚子俳句全集』四巻と『句日記』六冊の巻末にある季題索引によって調べてみた。

『年代順虚子俳句全集』は、昭和一五年から一六年にかけて出版されたが、収録された俳句は、虚子が明治二四年に俳句を作り始めた時期から昭和五年四月までの俳句で、この出版にあたって虚子が自選したものであろう。この間にある虚子の「日盛」の句は、六句である。明治二五年一句、三一年一

句、および四一年に三句である。この三句は、さきに述べた「日盛会」の八日目の兼題が「日盛」だったのであろう。『年代順』のこの日、明治四一年八月八日の記録には、次の三句のみが残されている。

日盛の二時さす屋根の時計かな　虚子
小城下や行人たゆる日の盛り　同
輝ける一番町や日の盛り　同

この最初の句が『日本大歳時記』の例句である。

『年代順』の六句目は、大正九年七月一二日別府温泉の地獄巡りのなかで作られた句で、「亀陽泉」の詞書があって、

日盛りの人ひしめける温泉かな　虚子

の一句が詠まれた。このときは、別府町からの要請があって数日滞在し、俳句を詠み、大阪毎日新聞には何回かに分けて記事を連載し、読売新聞に紀行記事を執筆したというから、観光宣伝の一役を担ったということであろう。

虚子の俳句は、昭和五年五月以降は、五年毎に『句日記』として纏められて出版されているから、これを繙けばよい。『句日記』の時代に入ってから長らく「日盛」の句を残していない。

昭和一九年にとんで、八月二日、三日の二日間、鎌倉要山の香風園で句謡会を行ったとき、二日目の八句のなかに、

日盛りは今ぞと思ふ書に対す　　虚子

がある。これが、『新歳時記』に採録されいてる句である。虚子は、その一月後の九月四日に信州小諸へ疎開のため移住するから、虚子の大好きな俳句と謡を親しい仲間と楽しむ句謡会の機会もかなり少なくなる。それだけに、思い入れのある句なのではなかろうか。

虚子のその後の「日盛」の句は、昭和二一年に一句、二五年に二句あるが、それにつづくのは三〇年七月の三日間で生まれた八句である。ここでこの八句が生まれた句会の背景を紹介しておきたい。

虚子は、疎開先の小諸に、六女章子の夫上野泰が復員してきたとき、俳句に興味を持った泰のために、二〇年一二月末から二一年二月まで、土曜日と日曜日に稽古会と名付けて俳句会を精力的に行った。このように集中的に行う稽古会はその後新人会を中心に二五年からは夏行とも称して続けられた。場所も小諸から、鎌倉の虚子庵、山中湖の虚子山荘、さらに千葉の鹿野山神野寺へと移しながら、虚子が亡くなる前年の昭和三三年まで続けられたのである。

鹿野山神野寺で行われた二九年から三三年の俳句会の記録は、非売品ながら五〇年七月に神野寺が発行した『俳録　歯塚』（鹿野山神野寺）に詳細に残されている。

同書から、三〇年七月の三日間に、虚子が八句の「日盛」の句を作った句会を書き出してみたい。これは、この季題を語るのではなく、ただ八一歳の虚子の精力的な真摯な俳句への姿勢の一例を知ってもらいたい。それだけである。

昭和三〇年の神野寺で行われた夏行・稽古会は七月二六日午後から始まった。箇条書きに記する。

二六日　午後　地元句会・上海すみれ会（第一回）虚子六句。
二七日　午前　上海すみれ会（第二回）。虚子一〇句。
同　　　午後　土筆会（第一回）。虚子一五句。
二八日　午前　土筆会（第二回）。虚子七句。
同　　　午後　句謡会（第一回）。虚子七句。
二九日　午前　句謡会（第二回）。虚子四句。
同　　　午後　草樹会（第一回）。虚子一一句。
三〇日　午前　草樹会（第二回）。虚子九句。
同　　　午後　稽古会（第一回）。虚子四句。
同　　　午後　稽古会（第二回）。虚子九句。
三一日　午前　稽古会（第三回）。虚子四句。
同　　　午後　稽古会（第四回）。虚子一三句。
同　　　午後　稽古会（第五回）。虚子五句。

これを見ると、上海すみれ会、土筆会、句謡会、草樹会の四句会は、それぞれ午後と翌日午前に一泊二日で二句会、小諸以来の若手の稽古会は、二日間で五回であるが、虚子はこの六日間居つづけて、各句会と対座し、合計一〇一句を残している。このときの「日盛」の句は、草樹会の一回目に二句、二回目に四句、稽古会の四回目に二句の八句である。『角川俳句大歳時記』に採録されている、

大杉の巌の如し日の盛り　虚子

は、草樹会第二回目の四句のなかの一句である。
昭和三〇年、虚子八一歳のこのとき以降、「日盛」の句はない。
老虚子の俳句に取り組む姿の一端をお伝えできればと思う。

夜の秋

『基本季語五〇〇選』は、季語をしっかり読み込むときの必須の歳時記として、つねに座右にある。山本健吉の文学、ことに俳句の研究に掛けてきた蓄積が味わえることが、大きな魅力である。
ところで、『基本季語五〇〇選』の「あとがき」に、山本健吉はこう書いている。

『カラー図説日本大歳時記』の監修者の一人となった時、私に託された仕事の一つに、基本季語五百を選定し、それについて歴史的展望の上に立ったやや詳しい解題を加えることがあった。おそらく、私が前に『最新俳句歳時記』を編纂した時、季語全体の集積を、俳諧以前から長い歳月を経て磨き上げられて来た、一つの偉大な創造物であり、頂点から次第になだらかな傾斜を描きながら、裾野は遠く拡ってやがては現実世界の中に融けこんでしまう、一つの秩序の世界を形作っている、荘厳な擬制《フィクション》と見做したことが、編者たちの頭にあったせいかと思う。

これを読めば、『基本季語五〇〇選』の底本は、『カラー図説日本大歳時記』であると分かるが、山本健吉が季語の解説に注ぐ、並々ならぬ努力の成果をしっかり読んでいくことが、季語の本意や歴史的に積み重ねられてきた言葉の重さ、面白さを理解することになるのだと思える。
「夜の秋」という季題についても、山本健吉独特の世界がある。講談社の『日本大歳時記』の「夜の秋」の解説を引用したい。私が日頃愛用しているのは、図版を削除した一冊本のいわゆる常用版である。

夜の秋　「土用半ばにはや秋の風」と言うように、夏も終りになると、夜は涼味がまし、虫の音も聞えはじめて、秋のように感じることを言う。俳人の季節感の繊細さが生み出した季語である。初出と思われる作例は、大正二年、原石鼎の吉野山時代の句、「粥すゝる杣が胃の腑や夜の秋」で、それを夏と定めたのは、まだ若い石鼎でなく、「ホトトギス」雑詠選者の虚子であろう。虚子が決めて、初めて俳人たちも納得したであろう。

（中略―この季語は秋とすべきと言う主張のあることを紹介した上で）

「夜の秋」を夏の季語とすればこそ面白いのであって、秋の季語だったら何の変てつもないはずだ。温度計の目盛を標準にして言えば不合理だろうが、秋を感じるのは主観であり、気分なのだから、科学的な厳密さよりも、詩人の詩情の上で、この季語は生きていればよい。そして、近代に立てられた季語の中で、この季語など出色のものであり、俳人たちの愛着も深いものである。

この季語への山本健吉の愛情が、心にしみる。これ以上付け加えることはないのだが、山本健吉に『ことばの歳時記』（文藝春秋）という著書があって、そのなかに、「夜の秋」という一節がある。この文に、上の解説を補足する部分があるので、一部を紹介しておきたい。かつて山本健吉が、この季語は明治以来の季語だと書いたところ、大野林火が、その根拠は何か、大正八年の、〈尿やるまもねむる児や夜の秋　飯田蛇笏〉などの句を挙げて、大正以来とすべきではないかと言った。そこで健吉は、もっと古い用例はないかと、楠本憲吉に相談したらしい。以下、引用である。

楠本憲吉君が探し出してくれた古い例句は、

粥すゝる杣が胃の腑や夜の秋　石鼎

という、大正二年の例である。明治にもう一歩である。楠本君はいろいろ博くさがしたらしく、これを初出とすべきか、と言っている。これが初出だったら、この句は記念すべき句である。これは石鼎の有名な、吉野時代の句で、虚子が俳壇に復帰したとき、それにただちに応ずるように華々しく登場して、秀句の数々を示したものである。

（中略）

石鼎の例句を見て、それを夏の季語として妥当であるという裁断を下したのは、どうしても虚子でなければならぬ。こういうことは、虚子が決めてはじめて万人も納得したろうからである。これまで詠まれたことのない新季題を、誰かが詠みこんだというのとは違う。在来から秋の夜の意味で使われていた言葉に、違った語感、違った季感を発見したということであり、詩人らしい発見なのである。

これを夏の季語と決めた文献が、あるいは大正二年ごろのホトトギスにあるのかも知れない。ひょっとしたら、それは明治末年かも知れない。楠本君はそこまで調査してみたかどうか。だが氏は、「夜の秋」が歳時記に始めて見られるのは、大正三年の『新撰袖珍俳句季寄せ』(俳書堂刊)であると言っている。少くともホトトギス結社内では、すぐこれが夏の季語として、一般化されたようだ。そして大正八年の蛇笏の例その他も見られるようになったのだ。(以下略)

山本健吉の、雑詠選者としての虚子への信頼は、ゆるぎないものが感じられる。

虚子と石鼎について、すこし記しておきたい。

虚子の『進むべき俳句の道』(角川書店)に、原石鼎の項がある。当初は、ホトトギスの地方俳句界の欄に投稿していたが、明治四三年に上京してきて、初めて虚子を訪ねてきた。

それは歯科医になるべく東京の学校へ入ったということであったが、やがて中断し、職を変えながら、虚子を訪ね、雑誌社に紹介してほしいなどと言ってきたので、故郷へ帰って職を得るよう説得したが、不満のままに帰ったという。

しばらく消息を絶っていたが、大正元年の夏、突然吉野の山奥から手紙に添えて、壱円の為替を送ってきて、しばらくぶりにホトトギスを見たいから、最近の数冊を送ってくれということであった。早速ホトトギスを送ると、まもなく雑詠の投稿があった。それは、以前の俳句とは見違えるような立派な俳句であったと虚子は評価している。

こうして、原石鼎は虚子に見出されることになり、「ホトトギス」の雑詠の巻頭に輝くことになったのである。

「ホトトギス」の創刊百年記念として出版された稲畑汀子著『ホトトギス巻頭句集』(小学館)という本がある。「ホトトギス」の雑詠が始まった明治四一年一〇月以降の雑詠の巻頭の句のみが収録されている句集である。その大正二年を見ると、原石鼎は、六月発行の臨時増刊二〇二号で初めて巻頭を得てから、七月の二〇三号、八月号は雑詠がなく、九月の二〇五号、一一月の二〇七号と四回の巻頭をはたしている。石鼎の吉野時代と言われる所以であろう。

「ホトトギス」の大正三年一月号に、虚子は、「大正二年の俳句界に二の新人を得たり。曰く普羅、曰く石鼎」と称えたのである。

粥すする杣が胃の腑や夜の秋　　石鼎

の一句は、初巻頭の大正二年六月臨時増刊号にある。

「夜の秋」という季題の初出句と言われるに最も相応しい位置を得たと思う。

秋

天の川

「天の川」は、「銀河」「天漢」などの表現で、『万葉集』以来いろいろな文学に現れているという。田舎育ちの子供の頃は、ごく日常的に親しんでいたものであるのに、俳句を学んでからの都会暮らしのなかでは、あまり見ることができないのは残念と、天を見上げては思う。

俳句においては、松尾芭蕉が『おくのほそ道』の途上で詠んだ〈荒海や佐渡によこたふ天の河〉が先ず思い出される。大輪靖宏『芭蕉俳句の試み』（南窓社）を読むと、芭蕉は『おくのほそ道』には、「此間九日、暑湿の労に神をなやまし、病おこりて事をしるさず。」と述べるばかりで、この句についてなんの説明も加えていないが、芭蕉には、「銀河の序」という文があり、そのなかで、芭蕉自身が「荒海や」の句の作られた場所や作者の感情を知る手掛かりを残していると、教えてくれる。長い引用になるが、同書が採録している「銀河の序」を以下に紹介しておきたい。

銀河ノ序

北陸道に行脚して、越後ノ国出雲崎といふ所に泊まる。彼佐渡がしまは、海の面十八里、滄波を隔て、東西三十五里に、よこおりふしたり。みねの嶮難、谷の隈〴〵まで、さすがに手にとるばかり、あざやかに見わたさる。むべ此島は、こがねおほく出て、あまねく世の宝となれば、限りなき目出度島にて侍るを、大罪朝敵のたぐひ、遠流せらるゝによりて、たゞおそろしき名の聞へあるも、本意なき事におもひて、窓押開きて、暫時の旅愁をいたはらむとするほど、日既に海に沈で、月ほのくらく、銀河半天にかゝりて、星きら〳〵と冴たるに、沖のかたより波の音しば〳〵はこびて、たましゐけづるがごとく、腸ちぎれて、そゞろにかなしびきたれば、草の枕も定らず、墨の袂なにゆへとはなくて、しぼるばかりになむ侍る。

あら海や佐渡に横たふあまの川

高浜虚子の句では、『風生編歳時記』には、〈虚子一人銀河と共に西へ行く〉が採録されているので、この句が作られた背景など、「ホトトギス」昭和二四年一一月号に掲載された虚子自身の文によって紹介したい。「このごろ」と題する文章のなかの、「銀河」という部分である。

銀河

この頃は暑さの為か、ふと夜眠られぬことが多くなつて来た。徒らに寝床の中に目を覚してゐるよりもと、さういふ時は床を出て雨戸を一二枚開けて、そこに籐椅子を持ち出して、暫く団扇づかひをしながら涼むことが慣はしのやうになつた。月のない夜などは、銀河が濃ゆる松の空に懸つてゐて、西南から東北の空に流れてゐる。それに明星が別の光を放つて空の一点にあり、あたりは皆寝静まつてゐて、自分独りが起きてゐる。ぢつとその銀河を見、明星を眺めてゐると、宇宙の際限もない大いさが一望のうちに収つて、それに対してゐる自分もその銀河や明星と共に徐々と西の空に動いて行きつつあるかの如き感じを起こす。

銀河中天老の力を其に得つ

スバル明く銀河の暗き時もあり

銀河西へ人は東へ流れ星
虚子一人銀河と共に西へ行く
西方の浄土は銀河落るところ
昼は机に向ひ夜は銀河に対す
寝静まり銀河流るゝ音ばかり
我が思ひ殊に銀河は明らかに
（以下略）

虚子七五歳、亡くなる一〇年前の真夜中の感慨と思うと、

虚子一人銀河と共に西へ行く　　虚子

の一句は心にひびくものがある。

流星

「流星」は、虚子編『新歳時記』の昭和九年に刊行された初版に次のように解説されている。「流星は八月中旬に最も多いといふ。宇宙間に浮游してゐる塵のやうな星屑が、どうかして地球の大気圏内に飛び込むと、火を発して流星となる。燃焼し尽さないで地上へ落ちて来たものが隕石である。しば

らく秋の夜空を仰いでゐると、流星はいくらでもみつけることが出来る。」傍題として〔ながれぼし〕〔夜這星〕〔星飛ぶ〕を上げる。初版では、例句は一句のみである。

星のとぶもの音もなし芋の上　　青畝

この解説は、現在の虚子編『新歳時記』でも全く同じ文章であるが、今日の夜空はいろいろな明かりが充満しているので、よほど条件のよい夜空でなければ、なかなか見ることはできないだろう。北海道の片田舎の夜の本当の闇を見上げて育った筆者には、天の川や流れ星が見えるのは、虚子の書いているようにごく当たり前のことであったのだが。

渡辺美和・長沢工の共著『流れ星の文化誌』（成山堂書店）から引用すれば、「流れ星はありふれた現象」で、「空の澄んだ場所なら、一時間あたり二、三個の流れ星は容易に見ることができる。望遠鏡などの特別な機器もいらない。季節もいつでもよいのだが、比較的流れ星が多く、観察しやすい夏が最良のシーズンだ。」とある。夏と言っているのは、八月あたりを意味しているのであろう。歳時記では秋の季題としている。「流れ星は決して星が流れて消えてしまった訳ではない。正体は、星よりもずっとずっと小さな、私達が手にとってやっと存在が分かる程度の小さな物質である。ただちには信じにくいかもしれないが、一ミリメートルから一センチメートル程度の大きさ」であり、「流れ星とは、そんな流れ星の物質が地球大気に飛び込んできて、わずか一秒かそれより短い間に明るく輝き、夜空ですばやく移動して見える現象なのである。」と言うのである。

突然話題を変えるが、先日テレビを見ていたら、瀬戸内寂聴氏が岩手県のある小学校に、東日本大震災の見舞いに訪れお話をした後、質問に立った女の子が、「寂聴さんは、戦争のことを書いたことがありますか。」と質問した。寂聴氏が「ありますよ。どうしてそんなことを質問したの。」と尋ねると、その子は「私たちは大震災を体験をしました。だから戦争の体験はどんなものかと思った」のでと答えていた。この子は、今回の大震災を自分の体験として受け止めながら、おじいさんかおばあさんから、戦争のときはもっと大変だったのよ、と聞かされたのではないか。寂聴氏への質問には、その戦争で亡くなった人や戦災にあった人々への思いが込められていたのではないかと感じられて、そのやさしさに思わず涙が出た。

藤原てい『流れる星は生きている』（中公文庫）を何十年振りかに読み直した。満州の気象台（観象台といっていたらしい）に勤めるご主人に伴い、一家で新京の近くに住んでいて昭和二〇年八月の終戦を迎えた。夫を残し、日本に帰る何カ月もの苦難の体験が書かれている。六歳と三歳の男の子に、生まれて一カ月の女の子を抱えて、無蓋車に乗れたときはまだよい方で、途中は厳寒のなかを歩いたり、見知らぬ町で生活費を稼ぎながら、翌二一年九月に命からがら博多港に上陸するまでの、想像もつかない壮絶な帰国への旅の記録である。

途中仮住まいした小屋で、真冬の全てが凍る夜、水を得るために氷を割っているとき、オリオン座の三つ星のあたりから流れ星が尾を引いて消えていったのを見て、結婚して利根川の近くの官舎に住んでいた折りのことを思い出している。

夏の夜、利根川にうつる星を美しいといいながらよく散歩した。流れ星が遠くに消えてゆくのを見たことがあった。

「ね、流星は燃えてなくなるんでしょうね」

「そうだよ」

「宇宙の星が皆流星になったら」

「あなたは何か哲学的なことを考えているんだね。流星は空気との摩擦で、一応、姿はなくなるけれども、流星のもっていたエネルギーは何かに変換されて生きている、そうでしょう」

夫はその頃はやさしかった。私も甘えていた。私はこの時から、流星とエネルギー不滅の法則とを観念づけていたに違いない。

今眼で見て消えて行く流星が、どこかで違った形で生きていると信じ、それを夫の生存と結びつけて考えていた。気休めであった。ほんとに泡のようにはかないものにとりすがって生きている自分であった。

長い引用になったが、藤原てい氏は最終章の祖国に近づく船の上で、流れ星を見る。マストを過る流れ星が三つあったら夫は無事に帰還すると祈りをこめる。「マストは微動だにしない。星は静かに位置を変化していった。そしてマストにその星が隠れる瞬間に実に見事な、それは生命の祝福のような第三番目の流れ星がマストを斜めに切断して海の彼方に尾を引いて去った。」と確信を持つ。

夫とは、後の小説家新田次郎氏である。

盆

虚子編『新歳時記』に、盆に関連する季題を探すと、生身魂に始まり、迎鐘・草市・苧殼・真菰の馬・溝萩・門火・迎火・盂蘭盆・魂祭・霊棚・棚経・施餓鬼・墓参・燈籠・岐阜提燈・走馬燈・盆の月・盆狂言・踊・精霊舟・流燈・送火・大文字まで、二四の季題が立項されているほどに、虚子は盆に関心が高い。

事実、二一歳のときに、自殺した友人藤野古白の旧居に移り住んで、鳴雪や碧梧桐などを集めて運座を行った際に、〈風が吹く佛来給ふけはひあり〉(明治二八年八月一日、季題は迎火)という名句を残した。この句は、後日、当時神戸の須磨に療養中であった子規に送り講評を求めているが、子規は、「句法ノ巧妙、老成家ノ手ニ成リタラン。」と評価している。

また、明治四一年八月二三日、日盛会第二一回のときには、〈凡そ天下に去来程の小さき墓に参りけり〉という字余りの一句があって、よく知られている。

虚子が自選した『虚子句集』を繙けば、虚子の多くの「盆」に関する俳句に出会うことができる。そのなかから、兼題として詠まれた例を紹介したい。同書の「六百句時代」の昭和一六年に、「墓参」の三句がある。

残 し た る 任 地 の 墓 に 参 り け り

墓の道狭ばめられたる参りけり
家建ちて厨あらはや墓参り

これらの句は、昭和一六年九月一日の「玉藻五句集」へ出句したもので、『句日記』には、その五句すべてが残されている。先の三句に続いて、

檻売る家住みかはり墓参り
僧縁に立ちて見をるや墓参り

とある。「玉藻五句集」は、毎月のように記録が残っているが、虚子が『句日記』に残しているのは、毎回一句か二句、ときに三句であり、五句すべてを残しているのは比較的めずらしい。なおかつ、自選『虚子句集』に三句も採録しているのは、虚子にかなり思い入れのある五句だったのだろうと想像できる。そう思いつつ読み直すと、第一句の〈残したる任地の墓に参りけり〉に、ちょっと違和感を覚える。虚子は新聞社の仕事をしていた時期があるが、そのときも「ホトトギス」の発行者であり、いわゆる転勤というべき体験はない。しかし、この句は、あるところに、任地としてしかるべき期間を過ごして、お墓まで作った。当然その地に、将来また暮らすつもりであったと言っているのであろう。

そう考えると、虚子は、「墓参」という兼題の五句を作るとき、ある物語を想定したのではないかと思える。虚子が、と言えば、想像が飛躍しにくくなるので、作者がとしよう。任地として、松山に勤務した。大いにその地に馴染んで、余生はここに住みたいと思い、お墓を立ててしまった。しかし転勤で松山を離れてしまう。今回は、久々にお墓参りにきたのである。墓地の周りは、当時はゆった

りとしていたのに、今や墓も増え、立ち並ぶ家に囲まれ、墓までの道も狭められている。二句目、三句目の慨嘆である。

実は、この解釈は、私が先年松山の御築山の共同墓地にある、虚子の生家池内家の一族のお墓を訪ねたときの光景である。余所の家の墓所の一角を踏み越えてやっと池内家のお墓にたどり着ける。お墓には、家が迫っていて、その台所の小窓が目と鼻のところにある。そんなふうであった。

愛媛文化双書刊行会『虚子のふるさと』に掲載されている写真に、御築山の時代の変化が示されている。

秋めく

「秋めく」は、秋という名詞に、めくという接尾語がついた形の語であるから、春・夏・秋・冬全てに成立する言葉であり、事実どの歳時記にも、四季それぞれに「めく」を付けて立項されている。いつも参照する『日本国語大辞典』も「春めく」以下それぞれを立てている。例外は、『角川古語大辞典』で、「春めく」だけを立項している。しかしこれも、「めく」の解説に、「名詞などに付き、その様子を帯びる、それらしくなる、そのように見える、などの意を表す動詞を構成する。名詞に付く『色めく』『春めく』などのほか、形容詞語幹に付く『なまめく』『ふるめく』、副詞に付く『ことさらめく』『わざとめく』、擬態・擬声語に付く『ほのめく』『ごほめく』などがある。平安期に成立したが、中世を通じて擬態・擬声語に付く造語例は多い。（以下略）」とある。「春めく」を一例としたから、それのみを立項したのであろう。

それ故に、「秋めく」は、何に、どのように、秋らしくなったなあと感じ取るかということになる。『新歳時記』の解説は、「山川風物、何やかや段々秋らしくなつてゆくのをいふ。八月も末になると、眼にも耳にもはつきりと秋を感ずるやうになる。」と言う。『日本大歳時記』の飯田龍太の解説は、「（前半略）目もこころも、近づいた秋の姿を、さだかにとらえた場合といってもいい。したがってそこには、多分に主観的な要素が含まれて詩情をかもす。単に初秋といった場合よりも内容語感共に主情のかった季語。」と述べている。『図説俳句大歳時記』では、「風物のたたずまいが秋らしくなるという感じだが、実際の陽気は夏に近い。からだで感じるような明瞭な秋ではなく、主観的な見方が強い。（以下略）」（大野義輝）とある。つまり、身体が感じる夏の気配はまだ残っているのだが、眼や耳やこころは、もう秋らしさの訪れを感じ取っているというのである。

朝日新聞の平成二一年六月二四日夕刊のコラムに、評論家蓮實重彦は「私の収穫（3）・今日から秋だな」と題して、昭和二一年の「父が復員してまだ三月もたってはいない夏の朝」の思い出を語っている。「父は、サッカリン入りの紅茶を飲み干し、軒先の珊瑚樹の枝の茂みが地面に落とす木漏れ日に目をやりながら、今日から秋だなとぽつりとつぶやく。そうねと応じる母も、快晴の庭先を見やりながらその言葉に同調する。」「十歳のわたくしは、蟬も鳴いているし日ざしも暑かったので、まだ夏は終わっていないはずだと思いつつ、開けはなたれた縁側から流れ込んでくる大気に、前日までとは微妙に違う爽やかな気配をふと感じとらぬでもなかった。」とある。コラムの結びに、「父を失ってかなりの歳月がたついま、敗戦直後にその口からもれた、今日から秋だなというごく短い言葉が鮮やかに記憶に残っているのはなぜなのだろう。」と語る。

日本人の季節感の伝承は、本来、このような日常の暮らしのなかにあったのだとあらためて気付かされる。

前登志夫『存在の秋』（小沢書店）所収の「秋立てるはや」の一節を紹介したい。吉野の山家に暮らした著者の季節の移ろいである。

土用半ばに秋風が吹く、と昔の人はよく言った。炎暑のひかりもどこか澄んでくる。

吉野山や、大峯山のふもとの洞川から、林間学校の生徒を乗せたバスが、二十台も三十台も続いて下りて行く日もある。主に京阪神の中学生である。彼らは、奥千本の西行庵から万葉の宮滝へ歩いたり、奥地の洞川に泊まった生徒たちは、修験の山上ケ嶽や、女生徒は稲村嶽に登ってきたのであろう。

都会の子らの、真夏にする魂迎えの一つとも考えられよう。

八月の山道は、噴く汗にも山野の余情がかよう。思いがけなく、葛の花がむらさきに垂れていたり、萩や桔梗や女郎花が咲きはじめる。

立秋

「立秋」の季題上の本義は、例えば、昭和九年一一月刊行の『新歳時記』に従うと、「立秋は秋の初、大概八月八日に当る。土用の後をうけて、まだ中々暑いけれども、夏も漸く衰へて、雲の色にも風の音にも秋が来たといふ感じがする。『秋来ぬと目にはさやかに見えねども風の音にぞ驚かれぬる』といふ歌などはよくその心持を現してゐる。」とある。虚子のこの解説は、単に歳時記のために考えて書いたのではなく、長らく、虚子自身の実感としてあった立秋への思いを示したものであると考えるべき資料がある。

「ホトトギス」の大正一二年一〇月号に虚子が執筆した「立秋口占」という文である。長い引用になるが、以下、三頁ほどの文章の最初の一頁分ほどを原文のまま紹介したい。

星斗欄干たる大空を見て、もう秋の気が天地の間に彷薄としてゐると感じたのはまだ立秋より大分前の事であつた。

「もう秋の気がどことなく動いてゐる。」と私がつぶやいたところが、海水浴に日焼けしてゐる子供達は声を揃へて笑つた。

風が少し動いてもまた酷熱の夜気はすこしもさめない。帷子の背中には汗がぢく〳〵とにじみ出る。実際今が炎暑のたゞ中だ。子供達の笑ふのも無理が無いと思はれたが、それでも其晴れた大空をうち仰いで、銀河が其碧の空から白く噴き出てゐるのを見ると、もう秋の気が天地の何処かに動き始めてゐるやうに思はれた。

立秋数日前に庭の木につく〳〵法師が一つ来て鳴いた。

「そらもう秋が来た。」と言つたら、また子供達が笑つた。

移し更へた為めに、今年はいぢけてゐる垣根の萩がぼつ〳〵と赤い花をつけた。

「萩の花が咲いてゐるから又秋が来たと仰しやるんでせう。あの萩はひねてかへつてあんな花をつけてゐるんですよ。尋常に延びてゐる萩はまだ花どころか、茎も十分に延びきらない位ぢやありませんか。」と子供達は私が萩の花を見て縁側に立つてゐるのを見て言つた。

「いやさうぢやない。一脈の秋の気が通つてゐるからこそあの萩が咲くのぢや。」

私はさう答へた。

（中略）

立秋の日が来た。矢張り暑かつた。次ぎの日曜にも避暑客は汽車に満載されて鎌倉駅に降りた。どこに秋が来たかと言つたやうな景気であつた。それでも、「今日の汐は冷たかつた。」と海から帰つた子供は呟くやうに言つた。

（以下略）

虚子の季題は、このように日常の暮らしのなかで、子供たちの疑問に答えながら醸し出されてきたのかと納得する。

自選『虚子句集』（岩波文庫）は、昭和二五年までに作られた句のなかから、五千五百句を精選した句集であるが、これに、「立秋」の句が一二句ある。明治時代に四句、昭和一八年の一句、同二一年から二四年の七句である。なかでも、二一年の、小諸で家族や地元の人々と始めた夏の稽古会での三句に目が止まる。

浅間八ヶ岳《やつ》左右に高く秋の立つ
秋立つや藁の小家の百姓家
立秋や時なし大根また播かん

疎開して、初めて体験した山国にして生まれた句であり、虚子にとっても、後に残したい句となったのであろう。

小林勇（出版人・随筆家）の「立秋」という随筆（『日本の名随筆37　風』作品社に所収）に、信州では、「土用に入ると、晩秋に収穫する大根をまいた。そのために人々は、土用太郎とか土用三郎という日を選んだ。」とあるが、虚子の三句目の背景が分かる。

露草

「露草」は、夏から秋にかけて路傍など、どこにでも見かけるから説明のいらない草であろうが、早朝にひらき昼頃には萎れる一日草であるから、露を帯びた草、露草なのであろうが、確かに朝露を抱いた青の美しさは鮮烈である。

各歳時記を見れば、月草、蛍草、帽子花など、大歳時記ではさらに多くの傍題がある。これは、各地に日常的にみられるため、異称、方言としての呼び名が残ったからである。したがって、その名の由来にもいろいろあるが、『万葉集』以来の和歌に詠まれるときは、月草。別の表記では、鴨頭草であるが、その語源については、『日本国語大辞典』の「月草」をみると、「衣に摺るとよく染み着くところから」など三種類の説を上げている。鴨頭草は、花の色が鴨の頭に似ているからとある。蛍草は蕊の鮮やかな黄色、帽子花は、花の下の編笠形の苞によるらしい。これの漢名が鴨跖草であるところから、これを傍題に立てている歳時記もある。

新日本古典文学大系（岩波書店）の『万葉集』と『八代集』の索引を調べてみると、露草の古称である月草を詠み込んだ和歌は、『万葉集』に九首、『古今集』に二首、『拾遺集』に一首、『新古今集』に一首あるという。

ここでは、『万葉集』の九首を紹介しておこう。

583 月草の移ろひやすく思へかも
我が思ふ人の言も告げ来ぬ

1255 月草に衣そ染むる君がため
いろどり衣摺らむと思ひて

1399 月草に衣色どり摺らめども
うつろふ色と言ふが苦しき

1351 月草に衣は摺らむ朝露に

濡れての後はうつろひぬとも
2281 朝露に咲きすさびたる月草の
日くたつなへに消ぬべく思ほゆ
2291 朝咲き夕は消ぬる月草の
消ぬべき恋も我はするかも
2756 月草の借れる命にある人を
いかに知りてか後も逢はむと言ふ
3058 うちひさす宮にはあれど月草の
うつろふ心我が思はなくに
3059 百に千に人は言ふとも月草の
うつろふ心我持ためやも

新日本古典文学大系の『万葉集』に併記されている万葉仮名の表記では、月草と鴨頭草とが使われている。

この九首を読むと、月草は衣に染めても色が変わりやすいことから、移ろいやすい心、恋を詠み、咲いても昼にはしおれるはかなさから、恋や命の短いことを詠んでいることが分かる。

青花紙というものがある。露草の鮮烈な青は、衣を染めるものとして使われていたことは、先に見た和歌にたびたび詠まれているが、いまも青花といって、滋賀県草津のあたりでは、京都の友禅染の下絵を描く材料として貴重なものであるという。オオボウシバナという、露草の栽培変種らしい。

露草を調べているうちに、古い記憶が戻ってきて、かなり以前に、露草が染め物の材料として使われているという雑誌の記事を切り抜いたはずと、資料のフォルダーを探すと残っていた。「ジパング倶楽部」平成一四年八月号の「草津の青花」の六頁にわたる記事であった。染め物に詳しい方はご存じのことなのであろうが、以下、その資料に従ってご紹介したい。

栽培されている青花は、花を摘み取っている写真を見ると丈が腰ほどもあり、花びらが大きい。これを早朝から午前中に、一片一片摘み取っていくのだという。青花栽培六〇年という中村繁男さんを取材して、青花紙を作る工程がていねいに説明されている。昼を過ぎると、「花が溶ける」と言うのだそうである。花弁だけをていねいに摘まないと、花粉や蘂が混じり、青花紙の品質が悪くなるので、摘み取る作業に細心の注意を払うという。摘み取った花弁を手で荒揉みし、木綿布で花汁を搾りだす。これを刷毛で五〇センチ四方位の和紙に塗って行く。片面を塗ると莫蓙に並べて天日に干し、乾くともう片面に塗って干す。この作業を日に何十回も繰り返し、それを一週間ほど繰り返す。一枚、一枚をこのように繰り返して、青花紙が完成するという手の掛かる仕事である。仕上げられた青花紙の重さは、最初の和紙の三倍もの重さになるのだという。

こうしてできた青花紙は、京都の友禅染の下絵師に届けられる。下絵師は、青花紙を小さく切って水に浸して色に戻して、白生地にこまやかな下絵を描き込んでいく。その後、糊置きの職人が下絵にそって糊を置いたものを水にさらすと、青花の色素は見事に消えて役目が終わるのだという。

月草の色は、着きやすくまた移ろいやすい（消えやすい）ことを、万葉の人々は実感を持って和歌に詠むようになったのであろう。

鈴虫

『新歳時記』の「鈴虫」の項に、「りーん〳〵と鳴き、色も形も西瓜の種に酷似してゐる。松虫より一寸小さい。昔は『まつ虫』とよばれた。」と説明がある。「松虫」の項をみると、「ちんちろりんで、鈴虫よりも一寸大きい。昔の人は松虫を「すゞ虫」といひ、鈴虫を反対に「まつ虫」と呼んでゐた。」とある。つまり、昔は、鈴虫と松虫は取り違えていたというのである。ほかのどの歳時記を見てもこう書いてある。

その昔とは、一体いつ頃のことで、何故取り違えられたのであろうか、という点に着目していろいろな資料文献を検証し、「鈴虫と松虫考」という小文をまとめたことがある。

ここでは、その結論だけを紹介すれば、平安時代から今日まで、自然をしっかり観察している人は、取り違えなどしていないのであって、江戸時代の特に京都の文化人の幾つもの随筆において、恐らく室町時代の謡曲の「野宮」や「松虫」の詞章に、まつむしがりんりんと鳴く場面が描かれていることに影響されて、取り違えをしたのであろう。それが俳諧の世界にも残ったのであろうという考えを述べている。

さて、虚子の鈴虫と松虫の句を確認したい。虚子の生涯に鈴虫の句は一句、松虫は三句である。これは、「虫」という季題で詠むことが多かったからであろう。

まず、松虫の三句は、

松虫に恋しき人の書斎かな　明治二九年

松虫の多きところに床几かな　昭和三年

松虫の物語あり虫すだく　昭和三三年

古来、和歌に松虫が詠まれるときは、「待つ」の意味を重ねており、恋しき人を待つ秋の趣を詠んでいる。虚子の一句目は、その応用であろう。明治二九年、二二歳らしい機知と言えよう。二句目は、国分寺仮楽園今村繁三氏別業における、「虫を聴く句会」と前書きがあるから、昭和三年というまだ草深い武蔵野に設えられた光景であろう。三句目は、鎌倉で行われた句謡会での句。「松虫の物語」は、当然謡曲の一節を思っているのであろう。

鈴虫を聴く庭下駄の揃へあり　昭和一七年

鈴虫の一句は、昭和一七年九月、木挽町田中家で行われた二百二十日会という新橋の芸妓がメンバーの句会である。田中家は、当時の有名な料亭である。広い庭の隅に、鈴虫の籠が隠されていて、りーんりーんと鳴いている。縁先には、植え込みに近づいて行けるように、庭下駄が揃えてある。

話がとぶが、ちくま文庫に、『虫の音楽家―小泉八雲コレクション』（池田雅之編訳）があって、書名と同じ「虫の音楽家」という、一八九八（明治三一）年に西洋人向けに発表された文があるので紹介したい。

日本人の暮らしに、鳴く虫を籠に飼って楽しむ習慣があって、『源氏物語』にも出てくるが、東京で虫の売買が始まったのは、寛政年間（一七八九～一八〇一）頃からのことで、町回りの食べ物売りの忠蔵が、あるとき鈴虫を数匹捕まえて持ち帰り飼ったところ、うまく育って増えたので、近所の人に配ったら、喜ばれたのがきっかけとなって、商売替えして虫屋になったのが始まりだという。やがて真似をする者が出て、差配人が生まれ、江戸の虫屋は三六軒と定められたことがあるという。

こうして、田舎まで虫の声を聞きにゆくという習慣はすたれたが、「しかし今日でもなお、都会人は宴会などを催すとき、庭の植え込みに鳴き虫の籠を置き、客人が小さな虫の音楽だけでなく、その音楽がもたらすのどかな田舎の思い出も楽しめるようにすることがあるという。」と小泉八雲は書いているが、虚子の上掲句は、その同じことが昭和一七年という、前年のあの真珠湾攻撃に始まった太平洋戦争のこの時期にも、料亭などで行われていたことを物語っている。

八雲は、一八八七（明治二〇）年の虫の値段を書き残している。鈴虫　三銭五厘～四銭、松虫　四銭～五銭、邯鄲　一〇銭～一二銭、一番高いのがキリギリスで一二銭～一五銭など一二種の虫の値段を記録し、そのうえで、各々の虫の特徴や鳴き声なども説明しつつ、その虫を詠んだ和歌を紹介し解説している。

この文章の最後の段にこうある。「われわれ西洋人は、ほんの一匹の蟋蟀の鳴き声を聞いただけで、心の中にありったけの優しく繊細な空想をあふれさせることができる日本の人々に、何かを学ばねばならないのだ。われわれ西洋人は、機械分野では彼らの師匠であり、ありとあらゆる醜悪なものの組み合わせの産物である人工的なものにおいて、日本人の先生であることを誇ることができよう。しかし、自然に関する知識や、大地の美と歓喜の感得という点では、古代ギリシア人のように、日本人はわれわれを凌いでいる。だが、われわれの極端な工業化が、彼らの楽園を荒廃させ、いたるところで美を、実利、陳腐さ、低俗さ、醜悪なものに置き換えた後で初めて、われわれは、破壊したものの魅力を、悔悟の念に駆られながら豁然と理解することになるであろう。」と締めくくっている。

現代のわれわれ日本人に突きつけられた言葉とも読める。

水澄む

「水澄む」という季題は、これを立項している歳時記と、「秋の水」を立項し、その傍題としている歳時記とがある。両者をともに立項しているときは、その違いをどう解説するか、執筆者によって微妙に違っている。今回は、それを具体的に比較検討してみたい。

最初に、『風生編歳時記』を見ておこう。「秋の水」を立項し、傍題に秋水・水の秋・水澄むを挙げているが、季題の具体的な解説はない。例句は、高浜虚子以降のみであるが、秋の水・秋水・水の秋・水澄むそれぞれの使用例の句が採録されている。

次に「秋」の部を松瀬青々が編者を務めた『俳諧歳時記』は、昭和八年八月改造社から出版された初めての本格的な五冊本の歳時記である。同書も「秋の水」を立項し、秋水・水澄むを傍題として挙げている。〔季題解説〕は、「すべて清澄なる秋の水をいふ。」とあるだけで素っ気ないが、〔実作注意〕という項目に、「秋の水は川・沼・沢・湖・渓など、或は小さき湫潦など、おしなべて冷やかに澄めるをいふ心組にて詠出すべし。」とある。本歳時記特有の〔古書校注〕はなく、〔例句〕は鬼貫以降江戸時代の句が多く並んでいる。これも本歳時記の特徴である。

以上の二つの歳時記がともに、「秋の水」を立項し、「水澄む」を傍題としている例である。ここでは、この二つの季題が同じなのか、あるいはどんな違いがあるのか、示されていない。

これに続いて刊行されたのが、昭和九年一一月初版の『新歳時記』である。虚子は、『俳諧歳時記』の「春」と「冬」の部の編集を担当したので、その体験を生かして、より使いやすい、充実した歳時記を目指したのであろう。

その序文を読むと、虚子がどのような歳時記を作ろうと考えていたか、『新歳時記』の編集方針がよく分かる。

さて、『新歳時記』は、「秋の水」と「水澄む」は並んで立項している。「秋の水」の解説には、「秋の水は冷やかに澄んでをる。三尺の秋水などといつて、古人は名刀の感じにも比喩した。」とあり、「水澄む」は「秋は殊に水が清く澄んでをる。」と簡潔である。

「秋の水」の解説について言えば、虚子の解説がベースとなって、以降に出版された歳時記を見ても、「秋のころ、水のあるところ、野外の水、器の中の水、くりやの水、どこにある水も名刀をといだように澄み渡る。」（角川書店編『合本 俳句歳時記 新版』）、「秋のころのよく澄みわたった水。」（山本健吉編『最新俳句歳時記 秋』（文春文庫）、「秋のころのよく澄みわたった水。秋水は曇りのない利刀の喩えにも言っている。」（山本健吉『日本大歳時記』講談社。後に『基本季語五〇〇選』に再録）。山本健吉は、「秋水」が建保二（一二一四）年の歌合の題とされたのが初出かと述べており、天明以降の俳諧にさかんに詠まれるようになったと教えているから、古くから確立した季題だったことが分かる。

最も新しい『角川俳句大歳時記』の解説においても、「秋になって清く冷ややかに澄みわたった水。秋水はその曇りのないさまを、名刀の喩えとして古人に『三尺の秋水』ともよばれた。」とするのは、以上の流れを継いだものと言えよう。「水澄む」はどうか。これは比較的新しい季題で、いろいろな歳時記を見ても、昭和八年の虚子の句、〈石狩の水《ナ》上にして水澄まず〉が先ず採録されているから、これが一番古い例句ではないかと思われる。従って、各歳時記の解説は、虚子の「秋は殊に水が澄んでをる。」という解説に多少類似するにしても、それなりの工夫を加えた解説になっている。「秋は夏に比べて水が澄んでくる。水が澄んでくると底の石まではっきり見える。」（角川・合本新版）、「秋は天清く水澄んで、水に映る万象も澄明である。」（山本健吉・文春文庫）、「秋のなが雨が終り、台風の季節も遠去かるころになると、川は日いち日と澄みを加える。晩秋に近づくに従って姿定まる感じである。（以下略）」（飯田龍太・日本大歳時記）、「秋には水が、水底まではっきり見えるほど澄みわたる。（中略）『水澄む』には、感覚的な語感がある。」（『角川俳句大歳時記』）のごとくである。

最後に、虚子の句であるが、河出文庫の『虚子自選句集』全四冊の秋の部には、

石狩の水《ナ》上にして水澄まず　昭和八年
かき濁し〳〵して澄める水　昭和一四年

の二句がある。岩波文庫の『虚子句集　高浜虚子自選』にある「水澄む」の句も、同じ二句である。

「石狩の」の句は、昭和八年八月、北海道俳句大会出席のため旭川に行き、翌日層雲峡に向かったときの句である。石狩川の源流であれば、澄みきった渓谷をと期待して行ったのではなかろうか。生憎

のひどく寒い雨で流れも濁っていたのであろう。「かき濁し」の句はこう並べると、その体験を引きずっているような句に見えるが、これは兼題の句である。昭和一四年九月二六日に行われた「玉藻十句集」の句会の兼題「水澄む」十句出句のときの句で、『句日記』には、次の三句が残されている。

かき濁しくして澄める水

うすく澄む水美しや泥の上

山蔭の水澄むことを誰か知る

いずれの句も、「秋は殊に水が澄んでをる。」という解説とは違ったところを捉えた句となっていて、面白い。

コスモス

講談社版『日本大歳時記』の「コスモス」の項は、飯田龍太が担当したが、「秋にはなくてかなわぬ草花」とし、「いわば大正から昭和のはじめにかけての、やや古めかしいモダニズムといった感じの花である。華麗で繊細、薄情でちょっぴり気の強いところもあるようだ。」と解説が面白い。

コスモスを同じ感覚で捉えているのが澁澤龍彦で、『フローラ逍遙』（平凡社ライブラリー）は、コスモスの項の見出しを「大正文化を思わせる花」として、「コスモスには一時代前の、大正文化あるいは大正ロマンティシズムを思わせるところがある。なんとなくハイカラで、郊外の文化住宅の庭に植えられていたり、児童雑誌『赤い鳥』の挿絵に描かれていたり、といった感じなのだ。なんとなく弱々しいところまでが大正文化と似ているから妙である。」と書いている。

虚子のコスモスの句を、『年代順虚子俳句全集』に調べると、最初に出会う句が、〈埋立地早コスモスの家を見し〉の一句だが、これは大正八年一〇月の作で、まさに、上の「郊外の文化住宅の庭」と符合している。

葡萄

「葡萄」という季題は、『新歳時記』では、「甲州葡萄が名高い。乾葡萄にしたり、葡萄酒に製したりする。葡萄園。葡萄棚。」と簡潔に解説されている。果物として生食することは、あたりまえのこととして省略されているのであろう。正岡子規の『仰臥漫録』（岩波文庫）は、明治三四年九月二日から翌三五年九月に亡くなる直前まで、発表する予定のない日録として書かれている。病状によって書けない日もあったのであろう、三四年一〇月末あたり以降は断片的となるが、その前まではかなり克明に書き残されている。その記録も、食べものについては、異常なほどに、朝食、昼食、間食、夕食の内容を細かく書き残しているのだが、三四年九月一三日午食に葡萄一房と出て以降、ほぼ毎日のように昼か夜の食事に葡萄が出てくる。この日あたりから、この秋の葡萄が出回り始めたのであろう。

日本における葡萄の栽培は、文治二（一一八六）年に甲斐国八代郡祝村（現山梨県勝沼町）の雨宮勘解由によって発見された、山ぶどうとは違う葡萄（後の調査でヨーロッパ系の葡萄と定められたが、何時どういう経路で甲州に至ったのかは今も不明であるらしい）の移植栽培に始まったということが諸書に書かれているから、確かなことであるらしい。

このヨーロッパ系の葡萄は、中央アジアに起源し、紀元前五千年ないし四千年あたりから栽培化され、順次伝播されてヨーロッパに定着したのであるが、この系統が一方では西域から中国に伝わり、日本にも伝来されたのであろう。それが平安時代の末期であるが、その後栽培技術の進展が遅れて、江戸初期になって今日の棚作りの栽培が始められ、甲州だけでなく、各地に広がったらしい（農文協編『果樹園芸大百科3ブドウ』農山漁村文化協会）。

葡萄棚は、今日も日本では当たり前の光景であるが、こう言われて気が付くのは、ワイン造りの映像などで紹介されるヨーロッパの葡萄畑は、一本の木というか杭に蔓が巻き付けられて立っている葡萄の木が何千、何万本も連なって、野や丘に広がっている景色である。この栽培法の違いは、なぜ生まれたのであろうか。

澁澤龍彦『フローラ逍遙』にある「葡萄」の項にも、この栽培法の違いを指摘しているが、その違いが生まれた事情については触れていない。同書の指摘で面白いのは、日本の葡萄栽培の始まりはすでに書いたとおりであるが、それよりずっと早く、デザインとして葡萄がもたらされていたという指摘である。「正倉院の御物や海獣葡萄鏡の唐草文を見れば、このことは明らかであろう。」と述べている。正倉院御物といえば、七世紀から八世紀頃の隋や唐から渡来した宝物であり、海獣葡萄鏡といえば、七世紀末とされる高松塚古墳から出土して、広く世に知られている。葡萄唐草文とは、葡萄の実や葉のつるを唐草の模様に取り入れたものであるが、西アジアでは古代から不死の生命の象徴として信仰されてきたもので、紀元前九世紀のアッシリアの遺物に見られ、ギリシアに伝わり、ヨーロッパではローマ時代以降、キリスト受難の象徴として寺院など多くの装飾に使われるようになったという。中尾佐助『花と木の文化史』（岩波新書）に、『万葉集』と聖書に登場する植物の登場回数の多い植物のベストテンのリストがある。登場回数は省略するが、上位一番から順に列挙すると、『万葉集』では、「ハギ、ウメ、マツ、モ（藻）、タチバナ、スゲ、ススキ、サクラ、ヤナギ、アズサ」であるという。これが、『聖書』では、「ブドウ、コムギ、イチジク、アマ、オリーブ、ナツメヤシ、ザクロ、オオムギ、テレピンノキ、イチジクグワ」となるという。『聖書』の上位一〇種のうち九種が実用植物であるという指摘が面白い。

このデータの把握の仕方がどんな捉え方であるかは知らないが、『聖書』の登場回数第一位が葡萄の一九三回で、二位の小麦の六〇回と大きな違いがあるのは、食物としての葡萄や葡萄酒だけでなく、唐草文としての信仰もあってのことであろう。

最後に虚子の葡萄の句を紹介しておきたい。虚子は、食べ物に関する季題の俳句が比較的少ないが、葡萄の句も例外ではない。例によって、『年代順虚子俳句全集』全四巻を季題索引によって調べると、最初は大正三年一〇月一八日の「ホトトギス」の発行所例会の第一回が葡萄一〇句であった。つまり、題詠である。その一〇句のうちの三句を残している。

葡萄の種吐き出して事を決しけり　　虚子

降り出せし雨に人無し葡萄園

葡萄口に含んで思ふ事遠し

の三句である。

　虚子は、子規の看病によく通っていたから、子規が病床の食事のとき、葡萄を好んでたべていた様子は見ていたであろうが、虚子の葡萄の句は、子規没後一二年を経ているから、虚子の句にその繋がりはないと思う。しかし、大正三年といえば、虚子の俳句復活（大正二年）の直後であるから、あるいは、こんなとき子規はどう考えたであろうか、などという思いはあったかもしれない。第一句目の

葡萄の種吐き出して事を決しけり

は、現在も虚子編『新歳時記』の例句として残されているから、虚子の大切な一句なのであろう。

　次の機会は、詞書に「大正九年九月二十六日。陰暦八月十五日夜、甲斐の笛吹川舟遊。上曽根より乗船、桃林橋畔に下りる。雨月。（以下略）」とあり、吟行句と分かる。一回目の句会の出句は七句残されているが、葡萄の句はない。続いて、「同夜、甲府、談露館泊。深更句会。」とあって、三句残されているが、うち二句が葡萄の句である。

葡萄うるはしまだ一粒を損はず　　虚子
舌の上に葡萄の玉の円かかな

その後は、『句日記』六巻を探索すれば、昭和一一年一〇月に題詠の二句。同一四年九月に、日本探勝会で蓼科高原吟行の二句。さらに、同二〇年一〇月の小諸滞在中に、蓼科へ出向いたときの一句と、生涯に一〇句だけである。

最後の一句は、『句日記』では、

葡萄先づ山の装ひこれよりぞ　虚子

となっているが、この句の初出は、虚子の『小諸雑記』（菁柿堂）の「蓼科紀行」にあり、そのときは、

山葡萄山の粧ひこれよりぞ　虚子

となっており、『句日記』として発表する段階で推敲されていることを指摘しておきたい。

吾亦紅

「吾亦紅」は、山野の吟行に出掛ければよく見かけるであろうが、お花屋さんの店頭にも見かけるから親しい花であろう。我が家でも買ってきて、書斎に飾ったりする好きな花である。私の大好きな吾亦紅スポットは、箱根仙石原の湿原である。『新歳時記』の解説を紹介したい。

吾亦紅　秋半の頃枝頭に花をつける。小さい花で、多数集つて楕円形の穂をなしてゐる。黒紫色である。白や紅・淡紅のものもあるやうである。いちごなどと同属で、山野に多い。吾木香。

とある。白いものもとあるが、他の歳時記や『日本国語大辞典』には、このような記述は見かけない。

多くは、濃紫とか暗紅紫色と示すのみである。なんどか出向いたことのある仙石原の実見では、早い時期には淡紅色であり、時期の移りに従って濃い紅となり、暗紅紫となっていくように思う。

杉本秀太郎『花ごよみ』に、「吾亦紅」の項を立て、奈良、帯解にある円照寺にまつわる話が紹介されている。

円照寺の草創は京都の修学院村であって、修学院離宮は、後水尾上皇の別墅であるが、上皇の第一皇女、梅の宮が二十一歳で得度されたとき、修学院の近くに建立されたのが円照寺なのであるという。その円照寺は、やがて奈良の東市へ移り、さらに現在の帯解へ移った。以来三百年余、閑静な林間に、名高い門跡尼寺は外部に開かれない静かな気品のなかにある。梅の宮は野の草花を限りなくいつくしみ、「父なる上皇への毎年のプレゼントは、秋の大和の野辺にわびしく咲いた吾亦紅だったという。」と紹介している。

円照寺は、二度ほど訪ねたことがあるが、バスを降りるとすぐ両脇を木立に包まれたゆるやかに上る参道がある。左手は、やや高い傾斜で、ところどころに歌碑などがあり、人の気配はほとんどない。上りつめると、黒い門が行く手をはばみ、入ることは許されない。しばらく佇んでいると、多少人の出入りがあるが、これは生け花を習う、許された人々であるという。二子玉川の玉川高島屋で、年に一度か二度か、大和円照寺山村御流いけばな展があるから、生け花の世界では多少開かれた世界があるらしい。

「國文學　解釈と教材の研究」の増刊号『古典文学植物誌』に、「吾亦紅」の項がある。これによると、吾亦紅は『万葉集』には登場していないが、平安時代の『栄華物語』や『狭衣物語』のなかで、衣の模様として、吾亦紅が描かれているという。

『源氏物語』のなかでは、匂宮が女郎花や萩などには関心がなく、「老を忘るる菊に、おとろへゆく藤袴、ものげなき吾亦紅などは、いとすさまじき霜枯れのころほひまで思し棄てずなどわざとめきて、香にめづる思ひをなん立てて好ましうおはしける」と描かれ、見かけより香のよいものに執着する個性的人物像を浮かび上がらせていると解説している。同書はさらに、香りに着目した歌に、「武蔵野の霜枯れに見しわれもかう秋しも劣る匂ひなりけり」(『狭衣物語』)などもあると、吾亦紅の古典文学上の香りを紹介している。

しかしながら、現代の歳時記をいろいろ見ても、吾亦紅の香りを詠んだ句は見当たらないし、吾亦紅の香りなど感じたことがなかった。また、どの歳時記も、傍題に吾木香を挙げているものの、香りを感じさせる解説も句も発見できない。『柳宗民の雑草ノオト』では、「ワレモコウ」について、「バラのイメージとは懸け離れたバラ科植物」と述べ、「ワレモコウという名が、どういう意味かは計りがたい。一説によれば、『吾木香』の意だというが、木香とはモッコウバラのことだ。」と疑義を唱えているから、植物の研究者にもバラのごとき香りは感じていないらしい。

虚子の「吾亦紅」の句について調べてみると、『年代順虚子俳句全集』全四巻には見当たらず、『句日記』の時代になって、昭和五年一〇月の家庭俳句会が長瀞で行われたときの二句が初めて記録に残っている。

赤きものつうい出でぬ吾亦紅　　虚子
草刈の鎌にまろびぬ吾亦紅　　同

「赤きもの」の句は、虚子編『新歳時記』と『ホトトギス新歳時記』の例句である。

ついで、昭和一五年九月、玉藻例会の二句がある。

吾も亦紅なりとひそやかに　　虚子

吾も亦紅なりとついと出で　　同

一句目は、『日本大歳時記』（講談社）および『角川俳句大歳時記』の例句となっている。二句目は、『ホトトギス新歳時記』の二つ目の例句である。

その後、虚子の「吾亦紅」の句は、四句ある。従って、生涯に八句である。作句の少ない季題であろう。

清崎敏郎『高浜虚子』（桜楓社）は、作家研究篇につづく鑑賞篇に、

吾も亦紅なりとついと出で　　昭和一五年

を挙げ、「この句の下書とも見られる、

赤きものつういと出でぬ吾亦紅　　昭和五年

吾も亦紅なりとひそやかに　　昭和一五年

という句と比べて見ると、この句が、まず作品と見なされるべきものだということが諒解されるであろう。」と述べている。さらに鑑賞を進めて、

「吾亦紅は、吾木香という書き方があるところから見ると、『われもこう』という語の宛字であることは疑いあるまい。それにしても、あの花の姿を、『吾も亦紅なり』と宛てた古人の才智が思われる。

この句も、そうした古人の配慮に思い至っている。そして、『ついと出で』が写生なのである。如何にもフォークロリックな俳諧的な発想で、俳諧師虚子の面目が躍如としているという感じがする。」と結論付けている。

俳人にして民俗学研究者である清崎敏郎の、俳句の師への敬意のこもった、行き届いた鑑賞であると思うので紹介しておきたい。

台風

「台風」は、「颱風」で立項している歳時記もあるが、その解説は、どれも気象学的な説明が中心となっている。それは、古来「野分」という言葉があって、日本の文学のなかで大きな位置を占めているので、あたらしい言葉としての解説をするしかないからである。ここでも、まず、学術的な書を借りて、意味を押さえておきたい。

真木太一他編『風の事典』（丸善出版）の「台風」の解説によれば、「台風は直径が数百～2千㎞の大きな渦巻で、強風や大雨をともない、建物の倒壊や洪水・高潮などの被害をもたらす激しい現象である。台風は気象学的には熱帯低気圧の一種である。熱帯低気圧は熱帯・亜熱帯の海洋上で発生する低気圧であるが、このうち日本の周辺海域を含む北太平洋西部（東経180度以西）に発生し、風速が17m／s（34ノット）以上の強さに達したものを台風とよんでいる（英語の typhoon は風速が約33m

／s以上のものを指すという違いがある）。」と説明されている。熱帯低気圧の発生域は、海面水温が26～27℃以上の海域ということも条件の一つという。
伊藤学編『風のはなしⅠ』（技報堂出版）によれば、激しい風雨を颶風と呼んだり、颱風と呼んだりすることは江戸時代から文献にあり、馬琴の『椿説弓張月』にも「それ大風烈しきを颶《はやて》といふ又甚しきを颱《あかしま》と称ふ」とあると聞く。公式に颱風という語が使われたのは、明治四〇年頃、後の中央気象台の岡田武松台長が、学術的に定義付けたことにあり、大正時代にそれが一般化した。戦後に制定された当用漢字によって、いまや「台風」が歳時記の主流になりつつある。

台風が発生する月別の回数は、三〇年間の平均値としてまとめられたデータがある。それによると年間に二六・六回発生し、そのうち、八・九・一〇月の三カ月間の発生件数は、実に五三・九パーセントを占める。秋の季題とされるにふさわしい。

大正に入って普及したという颱風に歌人与謝野晶子は、早速関心を示している。大正三年（一九一四）に発表した「台風」という随筆にこうある（山本健吉編『日本の名随筆19 秋』作品社刊より引用）。

> 台風と云ふ新語が面白い。立秋の日も数日前に過ぎたのであるから、従来の慣用語で云へば此吹降《ふきぶり》は野分である。野分には俳諧や歌の味はあるが科学の味がない。勿論「野分の又の日こそ甚《いみ》じう哀れなれ」と清少納言が書いた様な平安朝の奥ゆかしい趣味は今の人にも伝はつて居るから、野分と云ふ雅びた語の面白味を感じないことは無いが、それでは此吹降に就ての自分達の実感の全部を表はすことが不足である。（中略）気象台から電報で警戒せられる暴風雨は、どうしても「台風」と云ふ新しい学語で表はさなければ自分達に満足が出来ないのである。

（中略）今の台風は昔の野分に比べて趣味の点から云つても内容が複雑になつて居る。新しい詩人は台風を歌つて屹度歌や俳諧にある野分以上の面白い新篇を出すであらう。文明と云ふものは前代の文明の中から今日にも役に立つ純粋な美点だけを伝え《（ママ）》て、其上に今日の生活が生んだ新しい美点を加へようとするので、自然、前代の用語では現代の文明が盛り切れなくなつて、是非とも新しい用語や新しい形式が必要になる。（以下略）

と、台風という新しい言葉の意味を論じている。

しかし、高浜虚子は、なかなか台風という季題に馴染めなかったらしい。「玉藻」の昭和九年一〇月号に掲載された「立子へ」の題は、「二百二十日」となっているが、「颱風が過ぎ去つた後の空の色」について実に細やかに描いているので以下にその文章の後段を引用する。

丁度それは雲の間から覗いた深い〳〵底無し井戸を見るやうな感じであつて、私はその深碧の色を神秘な、言葉では形容の出来ん世にも美しい色と打ち眺めるのであつた。矢の如き雲は常に形を変へつゝあつたが、その矢の方向は一定して変らなかつた。綿の如き雲も亦、消えては又生じ、消えては又生じするのであつたが、深碧の空は常にその綿雲の間に見ることが出来た。（九月十一日）

美しき空現れぬ野分あと
野分後の空を眺めて笑める人
くつきりと富士が見ゆるぞ野分あと

文章のなかでは、あきらかに颱風という言葉を使いつつも題名は、二百二十日であり、俳句では野分なのである。
虚子が、初めて「颱風」を季題としたのは、昭和一二年七月二三日鎌倉俳句会での句、

颱風を孕み蓮の香の高し

つづいて、同月二六日玉藻句会での句、

颱風の名残の驟雨あまた、び

である。後の句は、今も『新歳時記』の例句となっているから、記憶にあるかもしれない。

虚子にとっては、やはり、台風より野分なのであろう。昭和二四年一一月に創元社より刊行された『定本虚子全集』第三巻に収録されている「颱風」の句は僅か二句であり、「野分」の句は五八句である。

爽やか

「爽やか」という季語の意味について山本健吉著『基本季語五〇〇選』の解説を繙けば、「主観的な形容語で季語とされているものに、春の『麗か』『長閑』に対して、秋の『爽か』『身に入む』『冷じ』がある。それらが季語となるためには、それぞれ言葉としての履歴があって、誰かが恣意に決めたわ

けではない。」と述べ、「爽か」(注：山本健吉の立項の表記に従う)の本意は、「さっぱりとして快いこと、気分のはればれしいこと」であるとし、第二には「また判然としてあること(分明)、あざやかなこと(鮮明)にも用い」るとして、『源氏物語』や『枕草子』にある使用例を示している。その上で、「この爽やかさと分明さと、共に秋の大気の特色にふさわしいので、連歌以来『爽やか』を秋気清く澄明で快適な季感を示す語として、季語とした。」と歴史的な背景を説明している。

「爽やか」のもととなる言葉は、『古語大辞典』(小学館)にあたると、「さはさはと(爽爽と)」を初め「さはやか(爽やか)」「さはやぐ(爽やぐ)」「さはらか(爽らか)」の四語が見出されるが、どの語にも『源氏物語』のなかで使われている文例が多く示されている。しかし、和歌での使用例はない。念のため、岩波書店の新日本古典文学大系の『八代集索引』の歌語の索引を調べてみたが、「さはやか」という語は見付からなかった。和歌のなかでは使われなかった言葉であるらしい。

『古語大辞典』の「さはやか(爽やか)」の解説のなかの「語誌」という項に、「やか」は接尾語であり、「さは」は邪魔になる物のないさまを表す擬態語であろうとし、「平安時代には、病気・気分・声・服装・動作などについて用いられ、主観的に『さは』の感じられる状態を表した」とし、「一方『さはらか』は髪・部屋のしつらいなどについて用いられ、『さはやか』よりは、客観的状態を表した。[東辻保和]」とあり、最初に引用した山本健吉の「主観的な季語」と符合していて、大変興味深い。

また、山本健吉の連歌以来の季語とされたという指摘について、確かに八代集の歌語には見られなかったと述べたが、松尾芭蕉の発句においても「爽やか」という季語は使われなかったらしい。山本健吉著『芭蕉全発句』が講談社学術文庫から刊行されたとき季語索引が付けられたが、この索引のなかに「爽やか」は載っていない。

手元にあるいくつかの歳時記を調べても、例句の最初にあるのは、高浜虚子の句であることが多い。「爽やか」という季題は、虚子の時代になって次第に使われ始めた、比較的新しい季題ということになろう。『日本国語大辞典』の「爽やか」の俳句の使用例も、虚子の昭和一八年の俳句である。

例外は、昭和八年に刊行された改造社版『俳諧歳時記』や虚子編『新歳時記』の昭和九年の初版および昭和一五年の改訂版で、改造社版は青々の句、虚子編は草城、誓子の句を挙げている。いずれも虚子の同時代の人である。

これは、虚子が初めて「爽やか」の句を作ったのが、昭和九年八月の一句であり、その後も同一一年の一句、一二年の一句と作例がまだ極めて少ない時期であったからで、その後、虚子は昭和一八年に至って二つの句会で八句を作っているが、現今の歳時記に虚子の句が採録されているとすれば、多くはこの一八年作のなかのものである。

具体的に示せば、『新歳時記』と『日本大歳時記』の例句は、

過ちは過ちとして爽やかに　　虚子

であり、

『ホトトギス新歳時記』の採録している例句は、

爽やかにあれば耳さへ明かに　　虚子

で、ともに昭和一八年九月の作である。
「爽やか」の虚子の句は、生涯二三句のみである。

蜻蛉

「蜻蛉」は、極めて身近な昆虫なので、学問的な研究は別として、いろんな文献に出会える。そんななかで、特に奥本大三郎『虫の宇宙誌』（青土社）にある蜻蛉に関する解説は、しばしば引用もされているので、ここでも同書からいくつかを紹介したい。

一つは、日本国の異称として、秋津島と呼ばれる所以である。「めでたい虫」のなかに述べられている『日本書紀』に現れる神武天皇の故事と、『古事記』に現れる雄略天皇の吉野の狩の場面である。『古事記』の例を、次田真幸全訳注『古事記　下』（講談社学術文庫）から引用すると、雄略天皇が「阿岐豆野《あきずの》にお出かけになって狩りをなさった時のこと、天皇は呉床《あぐら》にすわっていらっしゃった。すると虻《あぶ》が天皇の御腕に食いつくと、すぐとんぼが来てその虻をくわえて飛んでいった。そこで天皇は歌をおよみになった。その御歌に、」とあって、前段を略して引用すると、「このように手柄を立てたとんぼを名につけようと、（そらみつ）大和の国を蜻蛉島《あきずしま》というのだ。とお歌いになった。それでその時から、その野を名づけて阿岐豆野というのである。」と訳され、後に日本国の別称に拡大したと注している。

『虫の宇宙誌』からその二。フランス語では、蜻蛉をリベリュルと呼ぶが、それは、リンネが一七五八年に定めたラテン語のリベルラからきているといい、リベリュルとは、「小さい本」を意味するという。蜻蛉の翅が、書物のように自由に開いたり、閉じたりできるという、そのことに由来するという、ポール・ロベールの推測を紹介している。

蜻蛉の翅が秋の日差しにきらきら光る姿を本に見立てるとは、読書の期待のきらめきを思わせて、楽しい発想である。そこで、大岡昇平編『中原中也詩集』（岩波文庫）の「在りし日の歌」から、「蜻蛉に寄す」の一篇。

あんまり晴れてる　秋の空
赤い蜻蛉が　飛んでゐる
淡い夕陽を　浴びながら
僕は野原に　立つてゐる

遠くに工場の　煙突が
夕陽にかすんで　みえてゐる
大きな溜息　一つついて
僕は蹲《しゃが》んで　石を拾ふ

その石くれの　冷たさが

漸く手中で　ぬくもると
僕は放《ほか》して　今度は草を
夕陽を浴びてる　草を抜く

抜かれた草は　土の上で
ほのかほのかに　萎えてゆく
遠くに工場の　煙突は
夕陽に霞んで　みえてゐる

草の花

「草の花」という季題は、『日本大歳時記』に山本健吉が解説するとおり、「名ある草の花も、名もない野草の花もこめて言う。総じて可憐であり、淋しい花が多く」その種類も多い。野に出て、遠くまで一面に広がる草の花々を見るとき「花野」と言い、視点を足元に転じて、庭先や路傍の草花を見て「草の花」と愛でる。この季節感が日本人の感性にある。

虚子が「草の花」を詠んだ句は、『年代順虚子俳句全集』に一句、六冊の『句日記』に一二句であるから、あまり多くはないが、諸歳時記にそろって採録されている句は、

牛の子の大きな顔や草の花　　　虚子

である。

この句は、昭和一九年九月四日に疎開のため信州小諸に移住して間もない、九月一三日に、志賀村に神津雨村を訪ねたときに詠まれた句である。神津雨村はこの地の豪農であり、大正の初めに鎌倉に居住していたときには、虚子と交遊を深め、句会をともにするなど親しい方であったから、虚子も早速に移住の挨拶に出向いたのであろう。神津一族は牧場を持っていたから、その実景から生まれた趣がある。

さて、筆者は、このところ正岡子規に関する好著を続けて読む機会があったので、ついでに書架にある子規関連の本を取り出して、拾い読みしている。

子規の俳句は、高浜虚子選『子規句集』（岩波文庫）がある。昭和一五年九月一日付の虚子の序文によると、改造社版の『子規全集』の俳句集にある二万足らずのなかから、二三〇六句を選んだとある。「選むところのものは私の見て佳句とするものの外、子規の生活、行動、好尚、その頃の時相を知るに足るもの、幷《ならび》に或事によって記念すべき句等であった。なお遺珠の多からんことを恐るるものである。」としている。

虚子の「ホトトギス」昭和一五年一〇月号掲載の記事「俳諧新涼」によれば、この選句の作業は岩波から依頼されて、昭和一五年七月下旬、山中湖の山荘に籠もり、或いは鎌倉の虚子庵でと、一週間ほど集中的に行い、七月三〇日に選句を完了して、「少し岩波の希望よりは多いかと思ふが、どうかなること、思つて其儘清書することにする。」と書いているから、多少は岩波の制約があったらしい。なお、手元の『子規句集』は、岩波文庫一九九三年四月一六日刊行の第一刷であるが、その「解説」を子規研究の著書が多い坪内稔典氏が懇切に書かれている。子規の「草の花」の句を本句集に見れば、

草の花少しありけば道後なり　　子規　明治二八年

がある。明治二八年とは、子規が日清戦争に従軍記者として旅順に赴き、帰国の途次の船中で大喀血を起こし、神戸の港に帰り着くなり入院。どうにか小康を得て松山に帰り、夏目漱石の愚陀仏庵に仮寓しつつ、松風会の面々と句作に過ごしていた時期の句である。久しぶりの故郷に優しく迎えられて、穏やかな安らぎをえた子規を感じる。

転じて、子規の明治三五年八月である。子規は、五月から「病牀六尺」という随筆を新聞「日本」に連載している。これは、虚子などの弟子たちや妹の律などによる口述筆記で続けられた。その一方で、病床の楽しみとして、身辺のものを写生する絵筆をとった。「病牀六尺」の八六回に、「此ごろはモルヒネを飲んでから写生をやるのが何よりの楽しみとなつて居る。（中略）兎角こんなことして草花帖が段々に画き塞がれて行くのがうれしい。八月四日記。」と書いている。子規は、「六月二十七日に青梅を画いたのを手はじめに、丹念な色彩の写生を続けて行った。（中略）とにかく八月六日までの間に十八の写生を完了した。而して菓物帖を画き上げるより早く、八月一日には別の画帖に移って草花の写生を始めている。」（柴田宵曲『評伝　正岡子規』岩波文庫）と絵を画くことに熱中しているのであった。「病牀六尺」の八七回に、「草花の一枝を枕元に置いて、それを正直に写生して居ると、造

化の秘密が段々分つて来るやうな気がする。」と、つらい病床に、喜びを見出している。

八月二〇日、草花帖の最後の一頁に、朝顔を画きたいと思って、借りにやると、隣の陸羯南の娘が朝顔の鉢を届けてくれたので、これを写生していると、鈴木芒生、伊東牛歩の二人の俳人が、『南岳草花画巻』を皆川丁堂から借りて持参した。子規は一見してこれが気に入り、どうしても自分のものとして側に置きたいと言いだすが、持ち主は譲ることができないと言う。仲介した二人は、大いに困惑したが、再三の手紙のやり取りがあり、子規は句短冊を何枚も書いて送ったりしている。結局、この画帖は子規の許に置くことになり、死の間近のこの時期に子規は大きな願望が満たされたのであった。子規は、この経緯を「病牀六尺」の一〇四に、『南岳草花画巻』を「渡辺のお嬢さん」という人に見立てて一篇の恋物語を書いている。

その一文の一節、希望が叶わぬと仲介者から言ってきた手紙への返信は、次のような内容であったという。

「いふまでもなく孫生、快生（筆者注・芒生、牛歩のこと）へ当てた第二便なので今度は恨みを陳べた後に更に何か別に良手段はあるまいか、もし余の身にかなふ事ならどんな事でもするが、とこまごまと書いて

草の花つれなきものに思ひけり

といふ一句を添へてやつた。それでその日は時候のためか何のためかとにかく煩悶の中に一日を送つてしまふた。」とある。

子規は、明治三五年九月一九日午前一時に永眠するのであるが、その一カ月前の八月二〇日に草花帖を完成させた。しかし、完成させたその日に、『南岳草花画巻』を見て、惚れ込んで、自分のものとできない悔しさから、

草の花つれなきものに思ひけり　子規

の一句が生まれたのだと言うのである。

鰯雲

「鰯雲」は、秋空を見上げると、しばしば出会う雲であるから、俳人にとって極めて親しい。『図説俳句大歳時記』の解説によれば、気象学でいうと巻積雲のことで、小石を並べたような小さい雲片の集まり。さざ波の形などをした薄くて白い雲で、陰はなく、かなり規則的な配列をしていて、五千メートルから一万三千メートルの高い空に現れるが、この雲は前線付近でできやすく、降雨の前兆になることが多いという。イワシが群れるように見えるから鰯雲、魚の鱗のように見えるから鱗雲、サバの背の斑紋のように見えるから鯖雲とも言われている。

『新歳時記』は、鰯雲を立項して傍題はない。『風生編歳時記』は、鰯雲を立項し、鱗雲、鯖雲を傍題としている。その他の大歳時記類を調べてみると、鰯雲、鯖雲をともに立項しているが、鰯雲は、

鯖雲より解説が極めて詳細で、例句も多い。鯖雲が俳句に詠まれる例はかなり少ないようである。例えば、『久保田万太郎全句集』には、鰯雲の句は六句あるが、鯖雲の句はない。『季題別飯田龍太全句集』では、鰯雲の句は二〇句もあるが、鯖雲の句はない。

日本人の食卓には、鰯も鯖も、どちらもとてもポピュラーな魚だから、どうして鰯雲のほうだけが親しまれるのであろうか。鯖は、本来夏の季題だから、秋鯖という季題が別にある。一方、鰯は秋の季題だから鰯雲に素直に結び付く。鯖雲が使いにくいのは、こんなことが係わるのではないか。

詩人の田村隆一の「鎌倉　僕の散歩道」（『小さな島からの手紙』集英社文庫）の一節に、稲村ヶ崎から極楽寺坂の切通し、星の井を経て、由比ガ浜に差しかかる辺りに、

ぼくは由比ケ浜の磯づたいに、滑川の河口にむかって歩く。秋の空には鰯雲が、水平線上には大島がくっきりと姿をあらわし、秋がふかまるとともに、海の色も濃紺にかわる。大島が水平線から姿を消したとき、鎌倉に春がくるのである。

とある。やはり、鰯雲でなければならないのだ。

そういえば、萩市の友人の案内で、長門市仙崎の金子みすゞ記念館を訪ねたことがあるが、有名な童謡「大漁」の、

朝焼小焼だ
大漁だ
大羽《おほば》鰮《いわし》の
大漁だ。

浜は祭りの
やうだけど
海のなかでは
何万の鰮のとむらひ
するだらう

これも、鰯でなくてはなるまい。

脈絡もなく、高校時代に覚えた満員電車のジョーク（ちょっとあやしいかな）、「Now I know what canned sardines feel like」やジョン・スタインベックの「キャナリー・ロウ　缶詰横町」を思い出して、欧米でも、鯖より鰯かななどと考えて、和英辞典を確かめて驚いた。

鰯は a sardine、鯖は a mackerel だが、鰯雲、鯖雲の項には、同じ気象用語 a cirrocumulus が示されている。さらに見ると、「鯖雲のある空」=a mackerel sky:「鰯雲のある空」=a mackerel sky。つまり、英語では、どちらも鯖雲であった。アメリカのアウトドア専門のライター、ジェリー・デニスの『カエルや魚が降ってくる！』（新潮社）にも、「巻積雲は、もっとも高層にある雲で、多くは高度七五〇〇メートル前後にあって、魚のうろこのような、小さい『対流セル』でできています。これは天気俚言でいう、『鯖雲』のことで、不安定な天候をあらわし、たいてい雨のさきがけになります。」と書かれている。やっぱり鯖雲である。

野分

まず『新歳時記』にある、「野分」の解説を見ておきたい。「秋の疾風を昔から野分と称してゐる。野も草も吹きわける風といふ意味である。秋草の野を吹き廻り、垣根等を倒した野分後のありさまも哀れにもまた興趣が深い。」とある。今日で言えば雨をともなわない風台風であるから、日本の地理的位置を考えれば、昔からあったという事実はそのとおりであろうが、「野分」という言葉の意味については、上の「野も草も吹き分ける風」という一般的な理解に、山本健吉には異論があるらしい。（山本健吉『ことばの歳時記』）。以下長い引用になる。

野分というのは、どういう意味だろう。野草を吹き分けて吹く意味だと言っているが、も一つなにか落ちつかない。野分の風ともいう。源氏物語に野分の巻があり、枕草子にも野分のまたの日（野分あと）の名描写があって、野分というのは当時の標準語だった。だが、同じく当時の標準語だった東風《こち》が、おそらく瀬戸内海沿岸地方の漁民・船乗りたちの言葉を採り入れたものであったのと同じように、野分にもその前に、常民たちの生活語としての前時代がなかっただろうか。それを断定することはできないが、柳田国男翁が、今も使われる「わいだ」という風の名から、次のように推定しているのは興味を惹く。（以下略）

簡単に言えば、民俗学研究者でもある山本健吉は、柳田国男が各地の風に係わる言葉の研究から、ワイダというのはワキカゼだとも考えられ、ワキという古代語に、すでに恐ろしい強風という意味が含まれていなかったかという想像をたてていると言い、この想像を支持しているのである。

『枕草子』の野分の名描写は、講談社学術文庫版（中）では、三八〇頁に始まる「一九〇　野分のまたの日こそ」に見ることができる。

『徒然草』の第十九段「折節の移りかはるこそ、ものごとにあはれなれ。」（新潮日本古典集成）の一節に、「また、野分の朝こそをかしけれ。いひつづくれば、みな源氏物語・枕草子などにことふりにたれど、おなじ事、また、今さらに言はじとにもあらず。おぼしき事いはぬは、腹ふくるるわざなれば、筆にまかせつつ、あぢきなきすさびにて、かつ破り捨つべきものなれば、人の見るべきにもあらず。」と、野分へのこだわりを捨てきれないのである。

俳句に戻ろう。

吹とばす石はあさまの野分哉　　芭蕉

の句について、『芭蕉紀行文集』（岩波文庫）の「更科紀行」を読むと、つぎのような芭蕉の推敲の跡が辿れる。先ず、

秋風や石吹颪すあさま山

があり、校注一〇に、「棒線を引いて消す」、とある。つぎに、

落

吹颪あさまは石の野分哉

とあって、校注一一に、「棒線を引いて消し『颪』の右に『落』を書き入れてある。」と教えている。その上で、三句目に、

　　とばす　　ハ
吹（落す）石をあさまの野分哉　　ばせを

を示して、校注には「『落す』を棒線で消し、『とばす』を右に書き入れる。」「『を』を見せ消ちにして『ハ』を右に書き入れる。」という具合に芭蕉自身の推敲があるという。

現在の諸書を見れば、この最後に落ちついた句も、

吹とばす石はあさまの野分哉　　『芭蕉俳句集』（岩波文庫）
吹飛ばす石は浅間の野分かな　　『新歳時記』
吹き飛ばす石は浅間の野分かな　　『日本大歳時記』
吹き飛ばす石は浅間の野分かな　　『角川俳句大歳時記』

などと、表記が異なる。

虚子の句にも触れておこう。

大いなるものが過ぎ行く野分かな　　『五百句』昭一二・五
大いなるもの北にゆく野分かな　　「ホトトギス」昭九・一二
大いなるもの北に行く野分かな　　『句日記』昭一一・一一

俳句の推敲と正しい記録ということを考えておきたい。

竹の春

「竹の春」という季題は、どの歳時記を見ても「竹の秋」とともに立項されている。例えば、『角川俳句大歳時記』の解説を借りれば、「竹の春」は「仲秋」の季題とし、「竹は筍の生える四月から五月にかけては栄養分が奪われ、勢いが衰える。それが秋になると元気を取り戻し、もとの状態に戻り緑鮮やかな色合いを呈してくる。この状況を竹の春というのである。秋になって辺り一帯の草木が色づいてくる時であるだけに、その色合いはより新鮮に感じられる。（今瀬剛一）」とある。一方、「竹の秋」については、「晩春」の季題として、「竹は三月から四月に地中の筍を育てるために、一時葉が枯れたように黄ばんでくる時期がある。この状態が秋に落葉樹が黄ばんでくるのと似ているので竹の秋という言葉が生まれた。陰暦三月の異名ともなっている。古来、竹は日本人の親しんできた植物の一つである。春になって万象芽吹き潔い情景のなかで、竹だけが黄ばんで精彩を欠いている。そうしたところを見逃さなかった日本人の季節への敏感な眼の感じられる季語である。（今瀬剛一）」と丁寧に、この二つの季題の興趣を教えてくれている。「竹の春」については、上記の親竹が緑を取り戻してくることに加えて、その頃には若竹も育って青々とした葉の茂りが重なることを書き加えている歳時記もある。

竹だけが、このように四季の変化のなかで、春と秋という形で二度季題として捉えられていることが面白いと感じていたが、よく考えると、松も「松落葉」（初夏・常磐木落葉）と「色変えぬ松」（晩秋）という二つの季題があることを思い出した。こちらは、常緑樹であっても、古い葉と新しい葉の入れ代わりが行われているということだ。

「歳寒の三友」という言葉がある。松竹梅のことである。冬の寒さに耐えて、松も竹も緑を保ち、梅は花を咲かせるということから、いずれもおめでたいもののしるしとして、古来、こう言われている。日本人の自然感が、このようにいろいろな言葉を生み出して、われわれを豊かにしてくれているのだと思う。

稲刈

田毎の月と言えば、長野県更級の姥捨山と伝えられる山腹の段々と重なる小さな棚田に映る月として、松尾芭蕉も更級紀行のなかで訪ねている名勝の地。今は姥捨の棚田には、一般から公募して貸し出されているところがあり、友人が借りているという。昨年秋、誘われてその稲刈吟行に参加した。と言っても、新幹線の日帰りの旅で、ほんの数坪であるから、何人かで、根を摑み、鎌でざくと刈る作業を一、二時間もすれば終わる。お世話してくれる人がいて、田植えの後、折々の田の世話や稲刈りの道具、稲架の材料なども用意してくれるのだという。半日、ぼんやりと見ているだけでも、得難い体験であった。

日本は米を主食とする国であるが、同時にその稲の藁を利用する、藁細工の文化を伝えてきた。その藁は、米作の大規模経営、大型機械の導入によって危機に瀕しているという。稲刈りのコンバインの導入である。コイバインは、稲の刈り取りだけでなく、脱穀、選別、生藁の細断散布を同時にしてしまうから、藁が残らなくなったのである。

宇多喜代子『わたしの歳事ノート』(富士見書房)にある「藁」の章は、藁の文化の消滅という事実の指摘から始まっている。「藁」の章は、ご自身が続けている稲作の体験をもとに見逃してはいけない大切な事実を書かれているが、ここでは、そのなかの「清少納言の見た稲刈り風景」という文章に、『枕草子』の一節を引用しているので紹介したい。

穂に出でたる田に人いと多くて騒ぐ、稲刈るなりけり。

早苗とりしがいつの間にとはまことげにさいつ頃賀茂に詣づとて見しが哀れにも成りにけるかな。是は女もまじらず。男の片手に、いと赤き稲の本は青きを刈り持ちて刀か何にかあらん。本を切るさまの安げに、めでたき事にいとせまほしく見ゆるや。

この引用の出所は、講談社学術文庫版の『枕草子』に探れば、「二一二　八月つごもり、太秦に」という見出しのある一節と分かる。

「二一二」の前の段に、「二一一　賀茂にまゐる道に」があり、その冒頭に「賀茂へまゐる道に、田植うとて、女の新しき折敷のやうなるものを笠に着て、(以下略)」とあることと対比して描かれているから、『枕草子』では、田植えは女、稲刈りは男と書き分けられている。

また、「赤き稲」について、宇多氏は、「ここ何年来、私たち古代米の仲間が執心しているのが、この『いと赤き稲』である。」と実体験を語っているが、上掲書の研究者の語釈は、「赤き稲」は、「実った稲の黄金色のことを『赤き』といったか。『赤い』はそもそも「明い」である。」と古語の言葉を解説している。宇多氏は、もちろん、このような研究者の解釈があることを承知の上で、ご自身の古代赤米復活へのこだわりの一端に触れたのであろう。

歳時記には、稲作に係わる沢山の季語が採録されているがこれらの実態がどこまでこだわりをもって体験され、理解されて、季語として生きつづけられるか、不安が多い。

蜜柑

日本人と柑橘の関わりを古く尋ねるならば、『古事記』に垂仁天皇の命を受けた田道間守が、和銅五（七一二）年、常世の国から持ちかえった「ときじくのかくのこのみ（非時香菓）」（同書に「これ今の橘なり」とある）があることはよく知られていよう。更に『続日本紀』に、聖武天皇の神亀二（七二五）年の条に「初めて柑子唐国より来る」とあるというから（林春隆『野菜百珍』）、この時期には日本に渡来していたことは確かなのであろう。これは、「左近の桜、右近の橘」として定着する。

室町時代の末期頃から、南蛮貿易とともにいろいろな柑橘類がもたらされたが、そのなかで紀州有田に根付いた蜜柑が紀州蜜柑として江戸時代に広まった。甘いが種のない温州蜜柑は、家系の継続を大事にする江戸時代には嫌われたので、蜜柑と言えば紀州であったらしい。『角川俳句大歳時記』の

「蜜柑」の項の考証を繙けば、温州とは、唐土温州で浙江の南にある柑橘の名産地であるという。かの紀伊国屋文左衛門が波浪の闇を突いて紀州から江戸に急ぎ運んで財をなしたのは、紀州蜜柑によってであった。江戸・鎌倉河岸に公の市場を特設されるほどの勢いがあったからである。

その江戸では、一一月八日に鞴祭りというものが行われていた。『東都歳事記』(ちくま学芸文庫)には、「鞴祭り(稲荷を祭るの行事なり。世に火焼《ほたけ》といふ。鍛冶、鋳物師、飾り師、白銀細工、その余吹革を遣ふ職人の家にてこれをまつる。今日早旦に二階より往還へ蜜柑を投ぐる)。」とあり、この日は近所の子供たちが早起きして、蜜柑を拾いにゆくのであった。これも明治の終わり頃にはほとんど廃れたと、小野武雄『江戸の歳事風俗誌』(講談社学術文庫)は伝える。蜜柑には火伏せの力があると信じられていたのである。

明治時代の蜜柑について、植物学者塚谷裕一『果物の文学誌』(朝日選書)は、夏目漱石の小説を参照して、明治の後期は、蜜柑は病気お見舞いに持ってゆくのにふさわしい高級感のある果物であったと述べている。また明治三九年に発表された「坊っちゃん」や「草枕」の一節に、蜜柑のなる光景を珍しいものとして描かれているのは、同二八年から数年の松山や熊本という蜜柑産地で暮らした体験によるものであろう。

「ホトトギス」の大正六年一月号に、虚子が書いた「蜜柑園の記」という文章が掲載されている。これは、かつて鎌倉の虚子の自宅で開いていた鎌倉句会というのを中断していたのであったが、島村元が熱心にその自宅でやろうというので尋ねたときの様子を伝えているのだが、そのお宅とは、元の父親である久翁が(この方は関西の実業家であったが引退して鎌倉に住むようになって、虚子とは謡の仲間であったらしい)、山を買い取って、自分で鎌倉にも蜜柑を実らせたいと事業を始めたところにあった。「其山といふのは鶴ケ岡八幡の裏手になつてゐて、鎌倉といふ名の起りの、藤原の鎌足がこゝに鎌を埋めたといふ大臣山の後半部からかけて何十町歩の広い山である。」と虚子は書いているが、現在のどのあたりであろうか。

そんな蜜柑は、昭和ともなると、映画館の休憩に「おせんにキャラメル、蜜柑にのしいか」と売られる、庶民のごく親しいものになっている。

冬

山茶花

「山茶花」は、神社やお寺、公園あるいは個人の庭などでも、この季節になればよく見かける花木であるし、歳時記の解説や例句にもいろいろ書かれているので改めて述べない。まず、虚子の句について紹介していきたい。

霜を掃き山茶花を掃く許りかな　　虚子

虚子の山茶花の句は、『年代順虚子俳句全集』四巻と『句日記』六冊の季題索引によって調べると、虚子が後に残そうとした山茶花の句は、三四句である。掲出の虚子の句は、大正一二年一一月二四日、酒井黙禅歓迎句会とあって、東京の清水谷皆香園で開催された句会に出句されたものであった。

虚子の山茶花の句の最も古い例は、明治四〇年一月一四日に行われた「俳諧散心」という句会の兼題「山茶花」一〇句出句のときに残された三句である。

「俳諧散心」とは、明治三九年三月一九日に始まり、翌四〇年一月二八日の第四一回の句会をもって終わっているが、一一カ月の間に、実に四一回という連続句会で、しかも各回とも一日に二回、三回と句会を行っており、これが全て一兼題一〇句出句という大変な鍛錬会であった。

虚子は、『年代順』に「俳諧散心」の句の記録を収録したとき、便宜上として、明治三九年の末尾に、全四一回の句を纏めているため、ある書では、明治四〇年の山茶花の句を明治三九年作としているのを見かけたが、上記の便宜上まとめて収録したための誤解であろう。

さて、掲出の一句である。

霜を掃き山茶花を掃くばかりかな　　虚子

この句は、虚子の山茶花の全三四句のなかで、もっとも多く諸歳時記に採録されている句である。例えば手元にある主要歳時記を確かめると、『新歳時記』、『風生編歳時記』、『最新俳句歳時記』、『日本大歳時記』、『角川俳句大歳時記』など、いずれもこの句を例句として挙げている。ただし虚子編と風生編は、下五を「ばかりかな」としているが、その他は「許りかな」と表記が異なる。

ここで、山茶花という花の歴史について触れたい。

中国文学の研究者、飯倉照平『中国の花物語』（集英社新書）の「椿」の章に、中国ではツバキをさす語として「山茶」があるといい、「サザンカは日本でも四国、九州、沖縄には自生していますから、当然土着の呼び名があったはずです。しかしサザンカという呼び名が記録に残るのは、ツバキにくらべてはるかに遅く、室町時代から江戸時代にかけてです。当時の園芸家が、中国の山茶花という呼称を使って、サザンカを売り出したのでしょうか。」と述べているから、俳句など文学の世界に現れるのも、当然それ以降の時代となる。

「室町時代から江戸時代にかけて」山茶花の記録が現れたという事実にこだわって調べてゆくと、「山茶花」を紹介している初期の文献として、次のような諸書があることを知った。列記すれば、『日葡辞書』（一六〇三〈慶長八〉年に日本イエズス会が発行した日本語・葡萄牙（ポルトガル）語の辞書。当時の日本語を丹念に収拾している辞書として、日本語の研究者が今も利用している）や俳諧の手引き書である『俳諧初学抄』（一六四一〈寛永一八〉年）、『毛吹草』（一六四五〈正保二〉年）、『増山の井』（一六六七〈寛文七〉年）など、まさに江戸初期に広まり、俳諧に取り入れられたということが分かる。

これを具体的に見るため、杉本秀太郎『花ごよみ』（平凡社）の「山茶花」の項を紹介したい。中段のあたり、冬に見る赤い山茶花は暑苦しくて嫌いだとあって、それに続くところから引用する。

> 山茶花は、白い花でなくては冬の身が引き締らない。白い山茶花が散りかかる門の下なら、いつでもよろこんで通り抜ける用意がある。これは芭蕉七部集中『冬の日』冒頭の歌仙「狂句こがらしの巻」を知っている人には、ごく当り前の覚悟だろうけれど。
>
> 笠は長途の雨にほころび、帋子はとまりとまりのあらしにもめたり。侘つくしたるわび人、我さへあはれにおぼえける。昔狂哥の才子、此国にたどりし事を不図おもひ出て、申侍る、
>
> 狂句こがらしの身は竹斎に似たる哉　芭蕉
> たそやとばしるかさの山茶花　野水
> 有明の主水《もんど》に酒屋つくらせて　荷兮
>
> 詞書にいう「此国」は尾張名古屋。貞享三（一六八四）年十月、十一月、芭蕉は名古屋に逗留したが、このとき野水、荷兮、重五、杜国の四人と座をつらねて連句を興行し、いわゆる「尾張五歌仙」三巻をなした。（以下略）

上の引用のなかに、「貞享三年（一六八四）」とあるが、貞享三年は、貞享元年が正しく、元と三の

校正ミスか。西暦一六八四年は、正しく貞享元年にあたる。今栄蔵氏が校注している新潮日本古典集成『芭蕉句集』（新潮社）もこの句を貞享元年作としている。

杉本氏は、つづいて安東次男著『芭蕉連句新釈』に基づき、「狂句こがらしの巻」の発句、脇、第三あたりの安東次男の解釈をかいつまんで言うと、と次のよう説明してくれる。

芭蕉の発句「狂句こがらしの身は竹斎に似たる哉」は、一方に藤原定家の「消えわびぬうつらふ人の秋の色に身をこがらしの杜の下露」をにらみ、もう一方に仮名草子『竹斎』に出ているあざけり歌「無用にも思ひしものを藪医師《くすし》花咲く木々を枯らす竹斎」をにらんでいる。発句には一座連衆へのあいさつの含みがなくてはならない。芭蕉は自分を藪医者の竹斎に見立てて、連衆の才能を枯らす役回りを背負い込みはしないかとあやぶんで見せつつ、俳諧への熱い思いを歌枕「こがらしの杜」にかこつけて、この発句に含ませたのだ。「狂句」というかしら字は「狂句して」の意だが、これも句のうちに収めて読むべし。字余りの破格をいうなかれ。この字余りは気概である。次いで脇句、

たそやとばしるかさの山茶花　　野水

について、安東次男が気をつけろと促すのは、作者岡田野水が、いずれ名古屋に表千家の茶の湯をみちびき入れる人だったことで、茶席露地の打水三露を心得ているからこそ「とばしる」（ほとばしる）という語が咄嗟に活用された。発句の乾きに対して湿性をもって応じ、「とばしる」ものに山茶花をもってした。（以下略）

『芭蕉連句評釈　上』を読むと、このあたりまことに詳細にわたっているので、杉本氏のごくかいつ

まんで、という記述を引用させていただいたが、安東氏の著作を読むと面白い指摘があったので、付け加えておきたい。

その一つは、「たそやとばしるかさの山茶花」について、「とばしる」は、「原版本に『ば』と、わざわざ濁点を付している。当歌仙の仮名遣で唯一の例外である。『たそやと、走る…』と読むなという注文だろう。ならば『とばしる』は迸である。」ときっちり押さえている。

その二は、山茶花についての考証である。安東次男は、

山茶花（茶山花、共に当字で、茶梅と書くのが正しい）は『俳諧初学抄』（寛永十八年刊）以下に初冬として挙げ、連歌書にはまだ名が出てこない。これは、九州・四国に自生し、園芸種は近世になってからだ、ということに関係があるだろう。『花壇地錦抄』（元禄八年刊）にも、椿の二百五品種に対して五十品種しか載せていない（明治の末には百七十を超える）。当時まだ、一般には物珍しかったはずだ。

と山茶花を紹介し、そこから、まだ珍しかった山茶花を脇の句に詠み込み、我々はまだ若いから枯れる心配はありませんよと返す野水の、芭蕉の花木を枯らすことになるかもしれぬと詠んだ発句への咄嗟の挨拶を讃えている。このとき、芭蕉は四一歳にたいし、野水は二七歳、荷兮三七歳、重五は三一歳、杜国二八、九歳という。

一六八四年に、笠に「とばしる」と山茶花の散りようを詠んだ野水から二四〇年程を経た一九二三年に、〈霜を掃き山茶花を掃くばかりかな　　虚子〉という句が生まれた。

いつの世の俳人にも、山茶花の姿はこう写るということであろう。

綿虫

平成一七年の初夏、「最近綿虫が飛んでいるのをよく見かける。これは異常気象のせいではなかろうか」と話題になったことがある。

私は、そのときはそれほど気が付かずにいたのだが、同じ年の一一月の初め、箱根の仙石原のあるホテルに泊まった。すると、ホテルのフロントで、「只今、天道虫が異常発生していますので、部屋の窓は開けないようにお願いします」との注意を受けた。実際、部屋に入って見ると、天井にはすでに、四、五匹の天道虫が這い回っていたし、窓の外枠には、あふれるほどに歩き回っていたので驚いたのであった。これほどの天道虫を見るのは、初めてのことであった。

翌日夕刻、帰宅してなにげなくかけたNHKテレビの関東地方のニュースのなかで、群馬県の天道虫の大発生を放送していた。箱根だけの異常ではなかったのであった。

テレビに登場した解説者は、天道虫の異常発生の理由に、①その年の初夏、天道虫が捕食するアブラムシの大発生があったから、②あるいは天道虫の天敵の昆虫が少なかったのか、などの事情によるのであろうという話であった。

テントウムシについて調べると、成虫は桜の咲き始める少し前に越冬から覚めて活動を開始するが、同じ頃、アブラムシ（アリマキ・油虫ではない）も活動を始めるので、一般によく見かけるナミテントウやナナホシテントウの餌食になる。アブラムシは、草木の害虫であるので、テントウムシはそれを捕食する益虫とされる。

上の①の解説は、こうした事情に従っている。また、テントウムシは、晩秋に集団越冬するので、たまたま越冬地に選ばれたとき、殊に数が異常であったから、私自身もそうであったが、それまでに体験のない異常現象と驚くことになる。

アブラムシについて調べると、昆虫事典などを見ても、アブラムシは複雑な生活史を持つものとあり、一年の季節季節に生態が変わる。日本で六〇〇種ほどあると言われるアブラムシのなかで、綿虫・雪虫として知られる代表的なものに、トドノネオオワタムシがある。晩秋に見かけて、綿虫・雪虫と呼んでいるのは、有性世代の有翅体で、青白い蠟質の分泌物を体にまとい浮遊する。これは、寄生するヤチダモへ移動し、樹皮の割れ目に越冬のための産卵をするために飛んでいるのである。春になって、無翅のアブラムシは、寄生した木の葉について汁を吸って育つ。やがて、翅を取り戻し、初夏の頃、白い蠟質を身につけて、トドマツへと移動し、その根際に子を産む。これは、地中に入って、木の根の汁を吸って育つ。

このように、有性であったり無性であったり、卵を生んだり子を生んだり、翅が有ったりなかったり、寄生樹が春と秋に異なるものを選んだり、その生態は多彩である。

ともあれ、綿虫・雪虫と呼んでいるのは、晩秋に多く見かけるので、一つの季節感として、季題となったのであろう。しかし、その生態からみれば、初夏にもアブラムシの浮遊があるのであって、それと知らずに見過ごしているのかもしれないし、寄生樹のある地域に出向いていないからかもしれない。

北海道生まれの私の少年時の体験から言えば、雪虫は、特に初冬の午後あるいは夕刻、すこし曇りがちな日に、何の前触れもなく、音もなく、一気に、畑や広場で遊んでいる体をすっぽりと覆われるのである。何千、いや何万という雪虫があたりを浮遊し、衣服にも付着する。夢を見ているような思いに囚われる。

その後、郷里を離れて久しく、その時期に帰省したこともないが、今はどうであろうか。一〇年ほど前に、テレビのゴルフ放送を見ていたとき、札幌郊外のゴルフ場であったが、画面に沢山の小さな点がゆらゆらするのを見て、雪虫だと瞬間に悟ったが、アナウンサーが、ああ雪虫ですね、と話題にしたのが、最後の記憶である。

芭蕉忌

『新歳時記』の「芭蕉忌」の解説を確認しておきたい。「陰暦十月十二日、俳句の祖、松尾芭蕉の忌をいふ。はら〳〵と降りかゝる時雨を仰げばはたと芭蕉の心に逢着する懐ひがある。時雨のもつ閑寂・幽玄・枯淡の趣はそのまゝ移せば芭蕉の心の姿である。恰も時雨月のことで、芭蕉の忌を時雨忌ともいふ。元禄七年、大阪で逝く。行年五十一。近江義仲寺に葬つた。翁忌。桃青忌。」とある。崇敬の念のこもった文章であると思う。この解説につづけて掲げる例句に、明治三一年作の虚子自身の句がある。

芭蕉忌やうづくまりたる像の下　　虚子

また虚子が編集を担当した改造社版『俳諧歳時記　冬』に挙げている虚子の句も、同じ明治三一年の作で、

年々や同じ芭蕉の像の前　　虚子

である。改造社版の初版は昭和八年、虚子編の初版は昭和九年であるから、同じ明治三一年の句を採録したのであろうと簡単に考えたが、毎日新聞社版『定本高浜虚子全集』別巻の年表を調べてみると、記憶しておくべき事情があった。

明治三一年は、虚子が子規の許しをえて、松山で柳原極堂が発行していた「ほと、ぎす」を譲り受け、九月に発行所を東京に移し、一〇月号より「ホトトギス」として発行を始めて大成功をおさめた記念すべき年であった。その「ホトトギス」発行所句会の第三回が行われたのが一一月二五日で、陰暦一〇月一二日にあたっていたので、句会の一同により芭蕉忌を修したのであった。上掲の二句はこうしたなかで作られた虚子の「芭蕉忌」の句なのである。

虚子は、星野立子主宰の「玉藻」誌に、創刊以来毎月「立子へ」という文章を寄稿したが、昭和一六年六月号に「退屈を主として」と題し、猩紅熱に罹って四、五週間隔離されることになった立子へ、「芭蕉も『幻住庵の記』に、淋しい時は、淋しみを主とし、悲しい時は、悲しみを主とする、という

ようなことを言って居る。お前も四、五週間が、退屈であれば、その退屈を主として居るといったような心持が貴いのではないかと思う。」と、慰めている（注：『立子へ抄』岩波文庫は現代仮名づかいである）。

虚子は、翌七月号に、芭蕉の文は『幻住庵の記』ではなく『嵯峨日記』の間違いと訂正して、卯月二二日の項の原文を詳しく紹介しているが、『嵯峨日記』の卯月二一日の項に、芭蕉は、「今宵は人もなく、昼伏（臥）たれば、夜も寝られぬまゝに、幻住庵にて書捨たる反古を尋出して清書。」と書いているので、あるいは虚子の記憶にこれがあって『幻住庵の記』と思い違いをしたのかもしれない。

虚子が芭蕉の文を引用して立子を慰めた、その二年後の昭和一八年は、芭蕉の二百五十年忌にあたったから、虚子はいろいろと多忙であった。

その一は、日本放送協会、日本文学報国会の依嘱により新作能「奥の細道」の詞章を書き、その二には、日本文学報国会依嘱により竹本浄瑠璃（歌舞伎台本）「嵯峨日記」を中村吉右衛門一座のために執筆している。

中村吉右衛門一座は、この年一月に結成されたばかりであったが、吉右衛門は虚子の弟子として俳句に親しんでおり、この興行にあたっても、吉右衛門主催により芭蕉二百五十年忌追善会を上野清水寺で催し、句会を行っている。

虚子は、さらに大阪毎日新聞社の依頼により大阪で講演を行い、義仲寺における芭蕉二百五十年忌法要に出席、ひきつづき、伊賀上野の愛染院の芭蕉忌出席と旅が続いている。

『句日記』を見ると、虚子は、こうした日々のなかで、芭蕉忌を季題として七句残しているが、『角川俳句大歳時記』や『日本大歳時記』が採録している虚子の句は、いずれもこの時のものである。

一門の睦み集ひて桃青忌　虚子

湖の寒さを知りぬ翁の忌　同

虚子は、昭和三二年一〇月五日、「芭蕉が遊びたる色が浜に遊ぶ。」として、本隆寺の芭蕉忌繰上げ法要に出席、〈芭蕉忌やますほの小貝拾ひもし〉など四句を残しているが、これが虚子の「芭蕉忌」の最後の句である。

蓮根掘る

「蓮根掘る」は、食用とするために蓮の地下茎を掘り出す農作業であるから、日頃蓮根を食卓にならべることは多いだろうが、蓮根を掘る仕事の実態は作業の現場に行ったことがなければ、季題として生かすことは難しい。

しかし、多少のことは調べ出して、ここに書き加えて置くことにしたい。野菜としての蓮根についての記述や料理法の資料は私の手元にもたくさんあるが、蓮根掘りについて詳しく確かめるには、蓮根栽培の農作業書に頼るしかない。以下は、蓮根についての雑談である。

林春隆『食味宝典　野菜百珍』は、蓮根の歴史的解説を述べた後に、蓮根の料理をいろいろ紹介しているので、項目のみ列記してみる。曰く、巻葉の糸切・胡麻味噌等のあえ物・蓮根煎餅・蓮飯・小原木蓮・煎り蓮・田楽・葛煮・信田巻・酢蓮・焚出し・煎り出・海苔酢・いこみ蓮・小倉蓮・蓮とん、などがある。著者は、宇治の黄檗山万福寺門前で普茶会席の店を営んでいた人という。

大久保増太郎『日本の野菜』のレンコンの項から引く。「わが国へは、インド系のものが中国経由で紀元前三〇〇年頃に渡来したといわれている。現在のような食味の良いレンコンは、明治に入ってから導入され、さらに改良が加えられたものである。」「レンコンの年間生産量は八万から九万トン程度である。その四分の一は、霞ヶ浦周辺にレンコンに適した水田を持つ茨城県で生産されている。二位が徳島県で、三位の座を愛知県と佐賀県で競っている。この四県で全国の生産量の六〇％以上」を占めるという。「レンコンは、五〜六月に種バスを植えて、九月から翌年の五月頃まで収穫を続ける普通栽培が中心である。もちろん十二月が出荷の最盛期である。」

蓮根を掘る作業の実態については、川城英夫編『新野菜つくりの実際　根茎菜』（農山漁村文化協会）の「レンコン」の「収穫」の項に、「手掘りの場合には、水を抜いて土をある程度乾かしてから専用の万能で掘る。一回目は浅く掘って芽を確認し、次に傷をつけないように万能を深く入れ、掘り上げる。水掘りは水圧を利用した水掘りポンプか掘り機で掘る方法だが、圧が強いと芽や節間を折るので注意する。」とあるだけで、俳人の関心には素っ気ない。

最後は、亀井千歩子『小松菜と江戸のお鷹狩り』（彩流社）は、江戸川区の小松川の特産小松菜とお鷹狩りに纏わる一書であるが、江戸の野菜として「葛西の蓮根」が紹介されている。江戸川区には、昭和四〇年代までハス田があって、蓮根栽培が行われていたという。その一節に、「蓮根は葉が枯れてから掘り上げる。深田なので周囲に浅い溝を掘り、田水を汲み出してから掘る。身を切る寒風の中での仕事は重労働で、かじかむ手を時折『テッポウ』と呼ばれる風呂桶の小型のもので湯を沸かして温め、手鋤で泥をかき上げて掘った。掘り上げたハスを運ぶ舟（ハスフネ）などもあり、これらは江戸川区郷土資料室に展示されている。」と実見した様子が詳しい。

これを読んで、『江東歳時記』を持つ石田波郷に、葛西の蓮根掘りを詠んだ句がないかと、『季題別石田波郷全句集』をあたってみたのだが、波郷は詠んでいないらしい。

虚子の「蓮根掘る」の句は三句ある。

泥水の流れ込みつゝ蓮根掘る　昭和五年
泥ばかり掘りかへしをる蓮田かな　同
足一つ抜いて蓮根を掘りにけり　同

一句目は伊勢・長島の吟行句。他の二句はその直後に行われた東大俳句会での句。やはり現場で実見しないと詠めない季題なのである。

一葉忌

樋口一葉は、旧暦明治五年三月二五日に生まれ、明治二九年一一月二三日、肺結核により亡くなった。明治五年は、一二月三日をもって、新暦の明治六年一月一日となる。忌日を季語として俳句を作るときは、季節感よりも、その忌日の人の、生活や人柄、業績などに思いをはせて詠むことが大切になろう。樋口一葉という女性は、どういう人であったのか。筆者には、それを語る資格はあまりない、と思い悩んでいたが、最近読んで感銘を受けた関川夏央『子規、最後の八年』のなかで、思いがけず樋口一葉に出会ったので、そこから話を進めたい。

同書は、その題名のとおり、明治二八年から子規の亡くなる明治三五年までを一年毎に区切って、その一年一年の子規を丹念に追って行くのであるが、明治二九年には、子規が四月二三日から一二月三一日まで、「日本」に「松蘿玉液」と題して連載したなかの、五月四日の記事にある「小説」と「たけくらべ」の項を取り上げ、子規が樋口一葉を高く評価していたことを紹介している。

「松蘿玉液」は、ベースボールについて詳細な説明をしたり、かつて訪ねた京都の愚庵十二勝を話題にしたりして、よく知られている。手元にあるのは、正岡律子編輯『続子規随筆』（金尾文淵堂）に収録されているものであるが、子規全集には必ず収録されていよう。

森まゆみ『一葉の四季』（岩波新書）は、樋口一葉の日記を読み解きながら、一葉が小説家として盛名を得るにいたる経過を紹介しているので、その内容から紹介したい。

一葉の父は、東京府の小吏であったが、当初は持ち家もあって、一葉は一四歳の頃、中島歌子の歌塾萩の舎の弟子となるが、やがて父は事業に失敗し、貸家を転々とする暮らしになる。さらに、父や兄が亡くなり、一葉は母と妹を守ることになった。明治二一年に、歌塾の姉弟子田辺花圃が小説を出版したことが、一葉を刺激したらしい。森氏は、一葉が明治二四年から本格的に日記を書きはじめ、東京朝日新聞の小説記者半井桃水に小説を書く指導を受けているから、この年に小説家になる決意をしたのであろうと述べている。一葉は、上野の図書館に通い、いろいろな小説を読んでいた。一葉の処女小説「闇桜」は、明治二五年三月に桃水が創刊した同人誌「武蔵野」に掲載された。同年一一月、田辺花圃の紹介により、「うもれ木」が金港堂の「都の花」に載った。これに目をとめた星野天知は、翌年三月号「文学界」に一葉の「雪の日」を掲載した。森まゆみ氏は、上掲書の第三章「一葉をめぐる人々」のなかで、「星野天知」の一節を立てて、

『文学界』に「雪の日」「琴の音」「花ごもり」「やみ夜」「大つごもり」「たけくらべ」と相次いで書かせ、〝奇跡の十四カ月〟を演出したのは天知である。

と指摘している。このときの「たけくらべ」は断続連載であった。

関川氏の著書に戻れば、その後、当時有力な出版社であった博文館の雑誌「文芸倶楽部」の明治二八年九月号に「にごりえ」が掲載され、一葉は注目を集めることになった。さらに、同年一二月発行の「文芸倶楽部・閨秀小説号」には、一葉は「十三夜」「やみ夜」の二篇を載せたが、この号は破天荒な売れ行きであったという。翌二九年四月、「文芸倶楽部」は「たけくらべ」を一括掲載したが、子規が読んだのはこのときであった。

星野天知について若干触れておきたい。天知は、虚子の次女で、虚子の支援のもとに、俳誌「玉藻」を主宰した星野立子の夫、吉人の父である。日本橋の砂糖問屋に生まれ、五代目を継いだが早々に弟に家督を譲り、明治女学校教師時代の明治二六年一月、従来の「女学雑誌」から「文学界」を独立させて、女流小説の分野を助けた。天知著『黙歩七十年』（聖文閣）に、一葉を「其才筆は勿論だが、世間苦労の拗ね方がレファインされて居る所が尊い。」と評価している。成功した一葉は、多くの来訪者に囲まれ、「話もヅカ〳〵して居た」が、「『文学界』が祈り出した此一輪の名花」とも語っ

ている。虚子は、「玉藻」昭和二五年一二月号に掲載した「天知翁を悼む」に、天知は明治二〇年代より鎌倉に住み、虚子より一二歳年上と書いている。

隙間風

「隙間風」は、昭和九年刊行の『新歳時記』の解説に「壁・戸障子・襖などの隙間から洩れ入る寒風をいふのである。同じ風でも開け放しに来るのと違つて、刃のやうに鋭く感ずる。」とあり、この解説は現在も同じであるが、例句から考えれば、この季題が使われ始めたのは、昭和初期以降らしい。『角川俳句大歳時記』の解説によれば、『新選袖珍俳句季寄せ』(大正三年)に立項されているが例句はないとあり、昭和八年一〇月に改造社より刊行された『俳諧歳時記』の例句の出典に、昭和六年刊行の『ホトトギス雑詠全集』ではなく、同八年三月以降に刊行の『続ホトトギス雑詠全集』からの選出として、みづほと泥中の句が挙げられていることから推測される。

諸歳時記に採録されている虚子の句は、〈時々にふりかへるなり隙間風〉であるが、これは昭和八年一月九日に開催された笹鳴会で出句されたもので、『年代順虚子俳句全集』全四巻や六冊の『句日記』を調べると、虚子の生涯で唯一つの「隙間風」の句であると分かる。俳人好みの季題のように思えるが、『季題別清崎敏郎集』にも一句のみであり、『久保田万太郎全句集』も一句あるだけである。『季題別飯田龍太全句集』には「隙間風」の項がない。

俳句以外でのもっと古い用例をあたると、『日本国語大辞典』の「隙間風」の項に、近松門左衛門の「忠兵衛梅川冥土の飛脚」を挙げている。小学館の『新編日本古典文学全集74　近松門左衛門集①』に従えば、「新町越後屋の場」の「九　梅川の述懐」に、客待ちの遊女たちが、二階の部屋に集まって遊んでいるところへ梅川も加わってという場面。「上がる二階の隙間風。男まぜずの火鉢酒」と出てくる。この後に、ご存じの「封印切」があり、最後に「新口村の場」となる浄瑠璃である。

『角川古語大辞典』では、「隙間風」はないが、「隙間」という項に、『拾遺和歌集』の「恋」の部に、〈手枕のすきまの風も寒かりき身は習はしの物にぞありける〉の一首があると教えてくれるが、やはりやや気分が違うようだ。

現代に戻って、中村明『日本語語感の辞典』を繙けば、「隙間」の項に、「主に空間的な狭い空きをさし、会話やさほど硬くない文章に使われる日常の和語。」とあり、「隙間風」「隙間家具」などの例を挙げている。このような理解から言えば、虚子があまり好まなかった理由も分かる。

焚火

「焚火」とは、『新歳時記』に言う「暖をとるために戸外で焚く火」であり、言うまでもなく冬の季題である、などと書けば当たり前と笑われること必定であろうが、北海道で生まれ育った私の焚火体験は、夏の浜辺である。むしろ冬の雪の上の焚火などは知らない。一夏に気温が三〇度を超える日は、ほんの何日かであり海水の温度も低かったから、海水浴と言っても、海から出ると唇が紫色になるほど寒かったので、大人が浜の流木などを集めて用意してくれた焚火に当たって暖をとり、体の震えを抑えるのであった。胸あたりまでの深さの海底を足で探ると、大人の拳大の北寄貝が取れた時代であったから、これを焼いて食べるのも焚火の楽しみであった。

小説家山口瞳に、「春の焚火」（『日本の名随筆73　火』作品社）という随筆があるが、これは庭の落葉を溜めておいて、春先になってから庭に穴を掘って、焚火をする楽しみを書いている。

演劇評論家で小説家でもあった戸板康二の焚火は、真っ当な冬の焚火である。その著『季題体験』の「焚火」の項に、「冬、戸外で焚く火は、何となくたのしいものである。」と言い、「子供の時分、私は一人で行っていた旅先で街をひとり歩きして、住宅街にはいると、焚火の煙がにおって来た。それが当り前のことだが、自分の家の焚火と同じにおいなので急に家に帰りたくなって、翌日東京に帰ったことがある。」と書いている。焚火にはそんな懐かしさがある。

焚火といっても、人家の庭やお宮、お寺などでは、暖を取るためというよりも枯れ葉や文殻等不要のものを片付けるために焚くという趣が多かろうが、戸外で仕事をする作業者や漁師等の焚火はまさに暖をとるためであろう。

「焚火」という季題は、山本健吉によれば、作例は現代になってから急に増えたと解説するが、虚子の句集によって確かめてみると、岩波文庫の自選『虚子句集』に収録されている焚火の句は二二句であるが、明治時代は作例がなく、大正七年に一句、昭和に入って一〇年までが五句、同二〇年までが一〇句、同三〇年までが六句となっている。

実際の虚子の作例を『年代順虚子俳句全集』で調べると、第一巻、第二巻の明治時代には、全くない。第三巻大正時代に入って、大正五年一二月三日に行われた帝大俳句会の第二回の兼題が焚火十句だったらしく、このとき虚子は、焚火の句七句を残している。しかし、虚子は、後に自選して編んだ句集『五百句』には、このときの焚火の句は一句も入れていない。虚子にとっても、東京帝大の学生にとっても焚火という季題に初めて挑戦した機会なのかもしれない。

虚子は、「ホトトギス」の雑詠入選句のなかから、さらに選びぬいて『ホトトギス雑詠選集』を刊行しているが、これの「焚火」の項を見れば、大正六年以降の句がならぶ。「ホトトギス」に、「写生を目的とする季寄せ」を付録として発表したのは、大正八年一月号であるがこれに、焚火を立項している。さきに見た通り、岩波文庫の自選の『虚子句集』の最初の焚火の句が大正七年である。

虚子が、「ホトトギス」が、「焚火」という季題に積極的に取り組んだのは、確かに大正五〜七年頃からと思える。

虚子が、五年毎に『句日記』という形で記録を残すようになったのは、昭和五年以降であるが、その最初の二冊、つまり昭和五年〜一〇年と同一一年〜一五年の一一年間で、虚子が「焚火」の句を発表した句会は、一八句会であるが、その句会の内訳をみると、家庭俳句会が五回、七宝会が五回と断然多い。その他の句会も、玉藻句会、句謡会、二百二十会、鎌倉句会が各一回と、虚子にとって極く親しい句会ばかりであることに気付く。

これは、虚子が書いている、「焚火」とは「親しみ深いものである。」という本意に係わるのであろうと思う。

狸

「狸」という動物は、子供の頃に「かちかち山」とか「文福茶釜」などの童話を聞いたり読んだりしているから、なんとなく分かっているように思っていたが、あらためて考えてみると、積極的に俳句に詠むほどに実態を知っていないことに気付く。手さぐりながら、「狸」に近づいてみたい。

タヌキは、沖縄県を除く日本の各地のおもに人里近くの丘陵地帯の落葉樹林帯に生息しているという。姿を隠すために笹などの下生えが密生している水辺を好む、と動物図鑑に解説されている。雑食性で、夜間に餌を探し回るから、餌に困ると、人家の畑や庭を荒して、テレビのニュースに出たりするのをときどき見ることがある。

日本で使う漢字は、「狸」であるが、中国ではこれはやまねこの意味になり、狸は「貉」と書くという。

これが一般的な言葉として、混乱したままに使われているのか、歳時記にも「狸」の傍題として「貉」が示されていることが多い。

日常的にも、例えば、山本健吉『ことばの歳時記』所収「狸と貉」に、加賀の鶴来で狸汁を出して呉れたが、「私はどうも特殊な臭味があって食べられなかった。」と言い、このご主人から「タヌキとムジナとがあって、ムジナは冬眠をするから、臭味がなくておいしいが、タヌキはどうも臭味が抜けない。山の猟師はたまにムジナが獲れると、自分たちで食ってしまって、なかなかまわしてくれない。」と説明を受けている。

また、同氏が編纂した『日本の名随筆20 冬』に掲載されている富山県出身の詩人、稗田菫平氏の「タヌキ汁」には、「初雪の声が聞かれるようになると、きまって思い出されるものにタヌキ汁がある。」と書き出して、「こちらでは一般にタヌキをムジナと呼んでおり、これにはハチムジナとシクマムジナの二つに区別している。」と説明があり、「肉のうまいのは、シクマの方である。」とある。

狸と言えば、人が化かされるという話がよく伝えられているが、「國文學」誌の増刊号『古典文学動物誌』の「狸」の解説によれば、「人を化かす存在としてのタヌキの観念」は、『今昔物語集』（一二世紀前半）から『宇治拾遺物語』（一三世紀初め）にかけて発展し、一二五四年に成ったとされる『古今著聞集』によって確立されたとある。

その人を化かす存在としての狸は、俳諧にとって見逃せない存在であって、これをテーマとした俳句が多く見られる、と言えるのは、柴田宵曲著『俳諧博物誌』（岩波文庫、一九九九年新編）というこだわりの一書が手元にあるからで、以下はこれの教えに従う。

柴田宵曲（以下、宵曲とする）という方の名前を知っているのは、一つには、虚子が大きく飛躍した大正年間の「ホトトギス」誌をあれこれ読んでいて、編集者として、執筆者として、しばしばその名前に目を留めていたこと、もう一つには、『古句を観る』（岩波文庫）という名著を買い求めて楽しんだことにある。

宵曲は、明治三〇年に生まれ、私立開成中学校に入学したが、半年ほどで退学。その後は上野の図書館に通って独学したという。やがて俳句を虚子に見出されて、大正七年三月ホトトギス社に入社し、虚子を大いに助けたが、同一二年四月退社。その後は寒川鼠骨の下にあって、鼠骨とともに子規庵を守り、子規全集の刊行に働いている。

虚子が宵曲の力を認めていた一つの事例を挙げれば、昭和一二年一月に、「ホトトギス五百号史」の執筆を宵曲に依頼したという事実がある。

宵曲の本は、他に『蕉門の人々』（初版昭和一五年）、『正岡子規』（初版昭和一七年）の岩波文庫版が手元にあるが、宵曲が関心を持って執筆した分野は、俳句ばかりではなく、森銑三との多数の共著があることから分かるとおり、学芸史や博物誌などの多岐にわたった膨大なもので、大冊の『柴田宵曲文集』（小沢書店）全八巻が刊行されている。

『俳諧博物誌』の「狸」に戻るが、宵曲はまず、柳田国男の「狸とデモノロジー」を「後楯」にしながら、子供の時に読んだお伽話の狸が汽車に化ける話を取り上げる。「いつも腹鼓ばかり打って暢気だとお月様に笑われた狸が、実は汽車を開業しようと思っていますという。翌晩同じ野原を照していると、向うから俄に汽笛が聞えて、汽車が進んで来る。それが狸の仕業だったのには、さすがのお月様もびっくり」したが、狸は図に乗って本物の汽車に突進する。と、汽車は慌てて止まるので、狸は面白がってそれを繰り返した。やがて汽車は驚かなくなり、狸はひき殺された、という話である。

小松和彦編「狸とデモノロジー」（『怪異の民俗学②　妖怪』河出書房新社）には、これと同じような話が採録されており、常陸の土浦付近では、河蒸気の真似となっていると、柳田国男は述べ、さらに、「元来人を誑すに目を欺くと耳を欺くとの両種あるが、狸は主に耳の方である。狸は好んで音の真似をする。」としていることに、宵曲は同意し、次の句を挙げる。

枯野原汽車に化けたる狸あり　漱石

ここまで宵曲を辿ってくれば、漱石の句も親しいものとなる。宵曲は、さらに進めて、江戸時代の俳諧の腹鼓の句を探っているが、例を挙げると、

鉢たゝききくや狸の腹つゞみ　許六
鼓うつ狸が宿も時雨けり　冥々
すゞしさの月に狸が鼓かな　星府
麦まきやその夜狸のつゞみうつ　成美

など、宵曲の挙げる例句を追いかければきりがない。

宵曲は、第二節では蕪村の『新花摘』に話題を転じて、

秋のくれ仏に化る狸かな　蕪村

を取り上げる。

『鳥獣虫魚の文学史―日本古典の自然観1獣の巻』（三弥井書店）に、鈴木秀一氏が執筆した「蕪村『新花摘』の狸と狐」という論考が収録されているが、ここにも、〈秋のくれ仏に化る狸かな〉が紹介されている。

同論文によれば、『新花摘』は、前半の句日記部分と後半の俳文の部分から成っている俳諧文集で

あるという。その後半にある怪異話のなかに、この句に係わる蕪村の下総国の結城にある丈羽の別荘での実体験がある。

「ひとりの翁をしてつねに守らせけり。市中《まちなか》ながらも樹おひかさみ草しげりて、いさゝか世塵をさくる便りよければ、余もしばらく其所にやどりしにけり。」と、蕪村は旅先の仮住まいにするのだが、秋の夜が更けて、蕪村が布団に入り寝ようとすると、広縁の雨戸をどしどしと叩く音が二、三十回もする。起き出して見てもなにもいない。そんなことが五日ほど続いたところへ、丈羽の使いが来て、縁の下の狸を撃ったものがいるから、今夜からは何もないでしょうと伝えがあった。たしかに、その夜から何事もなくなったという話である。

蕪村は、それを憐れみ、僧侶と念仏を上げて弔ったと書き加えた上で、〈秋のくれ仏に化る狸かな〉の一句を載せているのだが、宵曲は、こう評価する。

秋 の く れ 仏 に 化 る 狸 か な　　蕪村

の句は、少しく離れ過ぎた感がある。そうかといって、

戸 を 敲 く 狸 と 秋 を 惜 み け り　　蕪村

を持って来たのでは即き過ぎるであろう。不即不離はなかなかむずかしいらしい。

宵曲の「狸」の話はさらに続くが、紹介は終わりたい。

漱石の句も蕪村の句も、読み手が一緒に化かされてみないと面白くない。厄介なことである。

息白し

『日本国語大辞典』を繙くと、「息」の熟語として、「息白し」を挙げているが、用例には俳句を示すだけである。また、大岡信監修の『日本うたことば表現辞典』の「息白し」も俳句の用例のみであるから、「息白し」はまさに、俳句独特の表現であるらしい。

「息白し」は、虚子編『新歳時記』の解説では、「大気の寒冷に逢つて、殊に朝夕など人畜の呼気が白く見えるのをいふ。」と実に簡潔に解説し、傍題はない。『風生編歳時記』は、「近頃は、白息と言う用い方を見かけるが、あまり好もしくはない。若い人が盛んに用いるから、好悪は別として、将来はだんだん熟してくるのかも知れないが。青息があるから白息もいいはず、などと言う屁理屈は通らない。」と、懇切に教え諭している。

確かに、電子辞書の『広辞苑』を見ても、「あおいき」と打ち込めば「青息吐息」という見出しがでるが、「青息」はない。「しらいき」もない。そんな日本語はないということであろう。

但し、虚子編も風生編も、例句に、〈白き息はきつゝこちら振返る　草田男〉を挙げているから、「白き息」と「白息」との違いを見落とさないようにしなければならない。

一方『日本大歳時記』や『角川俳句大歳時記』などのいわゆる大歳時記では、「息白し」を立項し、傍題に「白息《しらいき》」を示しているので、風生の懸念が理解できる。

山本健吉は、『ことばの歳時記』の「息白し」という文章のなかで、「白息」という言葉はきらいであるとし、橋本多佳子をまれに見る才媛と評価しつつ、〈泣きしあとわが白息の豊かなる　多佳子〉や〈許したし静かに静かに白息吐く　多佳子〉の句は好きになれないと述べている。

俳人鷲谷七菜子『古都残照』（牧羊社）という随筆集に、「鹿ケ谷の除夜」の一篇がある。法然院の除夜の様子を描いており、読んでいて、あの法然院の森の除夜の暗闇と冷気を想像してもしきれないなにかがあると思わされるのだが、そのほんの一節を引用する。「京洛随一の清浄地といわれるこの寺は、昼間訪れても人影はすくなく、裏山につづく木立の中にかくれるようにしずかだが、凍るような闇の中では、その清浄感は、ぴりぴりとしたきびしさを伴なって、鐘を聞きにくる人たちも、互に声をひそめてささやき交すばかりである。」

「撞木の綱を片手にもった院主は、しずかに香を焚きおわると、他の二人の僧と共に開経偈を唱え、般若心経を誦しはじめる。わずかな灯明のちらつく中で、僧たちの顔が彫り深く浮んでは消え、まっしろな息が闇にみだれる。」

襟巻

芭蕉七部集の一、「猿蓑」は、元禄四（一六九一）年に刊行された、去来・凡兆の共編による俳諧集で、〈初しぐれ猿も小蓑をほしげ也　芭蕉〉を発句としているところからこの命名がある。これに〈襟巻に首引入て冬の月　杉風〉の句があるから、「襟巻」の語は江戸時代から俳諧に現れていることが分かるが、ここでは季題として使われていない。

「襟巻」の季題は、どの歳時記の例句を見ても近代の句ばかりであるから、新しい季題なのである。なかでも、虚子の昭和八年の句〈襟巻の狐の顔は別に在り〉は、どの歳時記にも必ず例示される。日本で毛皮の襟巻が売り出されたのは明治初期からと言われるが、鹿鳴館の洋装モードとともに広まったらしい。虚子に、〈ラッコの皮の襟巻に顔を埋めたる〉という明治三〇年の句があるのは、かなり斬新な発想であったと思う。虚子は、襟巻の句を昭和六年から一三年にかけて八句作っているが、その後は句を残していない。そのなかに、銀座の松坂屋での写生として、〈銀狐ボアー客も売子も眉を描き〉（昭和一二年）の句は、近づきつつある戦時体制直前の世相を伝えて面白い。

ストーブ

「ストーブ」という季題は、昭和八年に刊行された『俳諧歳時記』に「ストーブ」として立項され、傍題に「暖炉・煖炉」とあるが、翌九年発行の虚子編『新歳時記』も同様に、「ストーブ」を立項し、傍題に「煖炉」を置く。ただし、虚子編は、昭和一五年の改訂版以降「ストーヴ」と表記している。『日本国語大辞典』を繙けば、「ストーブ」の解説の第一義に、「石油・石炭・ガス・電気などの熱を利用した室内用暖房器具。」とあり、第二義に「(部屋につくりつけの)暖炉。」とある。「暖炉」の項を見ると、「薪や石炭をたいて室内をあたためる装置。ストーブ。特に、洋風の部屋の壁に造りつけるものを区別していうこともある。」となっているから、「ストーブ」と「暖炉・煖炉」は、ほぼ同義であり、「暖炉・煖炉」には、特に洋風の部屋につくりつけのものを限定的にいうこともあると知る。『日本大百科全書』(小学館)によれば、ストーブは明治から大正にかけて、外国製ストーブが次々に輸入され、大正中期から国産化が始まっているというから、俳句に出現する時期とほぼ一致する。ちなみに、『ホトトギス雑詠選集』という非常に厳選された俳句においても、大正四年、五年の句から始まり、同一三年、一五年と続いて、昭和に至っている。また季題として暖炉とする句も、ストーブとみなせる句が大半であることは、日本の日常性として当然であろう。

虚子の俳句に、「ストーヴ」「煖炉」の句を探せば、『年代順虚子俳句全集』(全四巻)では、「ストーヴ」が八句、「煖炉」が四句あり、『句日記』(全六巻)には、「ストーヴ」が一七句(注:昭和一八年に作られた三句はなぜか「ストーブ」と表記されている)、「煖炉」が八句ある。合計三七句は、この季題の特殊性、ことに松山に生まれ育ち、生涯の殆どを鎌倉に過ごした虚子にとって、生活的に馴染みの少ない季題であろうから、予想外に多用されていると思う。いわゆる虚子の小諸時代に一句もないのは、疎開の借家暮らしで、暖房は、炬燵と「縁側散歩」だけだったからか。

虚子の、三七句の最初の句は、大正八年一一月、鉄道院嘱託として、登別温泉を訪ねた帰り、「登別駅長に」と詞書のある、

五分ほどよりし煖炉の暖かさ　虚子

である。これも、明らかにストーブを詠んだ句であろう。

手元に、東郷啓子氏の原画とされる絵はがき「櫓山荘：リビングと暖炉」があるが、これで思い出すのは大正一一年三月二五日、九州旅行の途中虚子が立ち寄った小倉の橋本家の別荘で、橋本多佳子らと句会を行ったときの一句である。

落椿投げて煖炉の火の上に　虚子

この句の季題は、「落椿」であるから上記の三七句には含まれていないが、この「煖炉」は、明らかに洋館の暖炉と分かる。

何年か前、テレビドラマで白洲次郎が描かれていたが、青年期をイギリスで過ごした白洲は、「カントリー・ジェントルマン」という生き方に惹かれ、昭和一八年に東京の鶴川に「武相荘」を建てて暮らし始めた。『白洲次郎の流儀』（とんぼの本、新潮社）にある牧山桂子氏の「娘からみた白洲次郎」によると、幅一間程の大きな暖炉を作り、「父は夕方になると、暖炉の前の籐椅子に陣取り、お酒のグラスを片手にじっと燃えている火を見つめながら、時々、薪がたえないようにしているのが常」であったという。ところが、「十数年後、再三の母の勧告にも従わず、一度も煙突掃除をしなかった」ため、ある夜、煙突のなかにこびりついた煤に火が付き、空中に散った火の粉が藁葺き屋根に飛んで小火を出したため暖炉は撤去されてしまったので、現在公開されている「武相荘」では当時の暖炉を見ることはできない。

煙突掃除には、少年期の体験がある。北海道に生まれ育ったから、ストーブはいつも身近にあった。ストーブに繋がれた煙突は、薄い鉄板を円筒状にした一メートル余りのものでこれを何本か連結して必要な長さにする。角に曲がりをつけて組み合わせ、天井の手前で外壁を突き抜ける。屋外では更に、二メートル程縦に伸ばし、火の粉が家屋に飛び散らないように工夫している。ひと冬に何度かは、この煙突の繋ぎを解体し、外に運び出してブラシでこすり掃除をする。汚れて厄介な作業だが、よく手伝わされた。石炭や薪を部屋のバケツに補充するのも子供の仕事だった。

昭和四〇年代前半の四年間、転勤で札幌の借家暮らしをしたが、ストーブは石炭、薪、石油と体験した。会社からは、寒冷地手当てとして、「石炭手当」というものが給料に加算されていた。札幌では、煙突掃除屋が町を歩いていた。今は屋外にドラム缶ほどの石油タンクを置き金属のチューブで室内のストーブに直接繋いで、火力を調節しながら一日中燃やしているので、室内はいつも温かい。かつての、明け方の室温が零下の布団から起き出して、寒さに震えながらまずストーブの石炭に火を付けるような体験はしないですむ。信州の蓼科に行く途中、ストーブハウスという、半分は洋品雑貨、半分は各種のストーブを売っている商店があった。懐かしいので、ちょっと覗くだけだが、つい立ち寄ってしまう。

虚子とストーブと言えば、大正九年一月の小樽が思い出される。前年、小樽高商に入学した長男、高浜年尾が突然四一度という高熱を発し、流感と診断されて急遽入院したのである。それを知らせる電報を一月二二日の夜半に受け取った虚子は、多忙のなかどう仕事の段取りを工面したのか、二三日の夜汽車で小樽へ向かった。二五日の朝、小樽駅に出迎えた学友たちから、病気は流感ではなく丹毒だと聞きながら、その足で病院に駆けつけている。

そのときの様子は、「ホトトギス」大正九年五月号に掲載された「雪」に詳しい。

虚子は、外科医長から治療の様子を聞き、その日から布団を借りて着のみ着のままで病院に泊り込んでいる。学友は、学校から病院まで深い雪の道を毎日のように見舞ってくれるのだが、以下は虚子の原文を引用する。

年尾と私ばかり病室にゐる場合も多かつた。

ストーヴに石炭を投ずることにだん〳〵私は馴れて来た。

ストーヴに石炭を投じつゝ椅子に腰かけてぢつと二重窓の外の雪の景色を見てゐるのは淋しかつた。

青空が見えたかと思ふとすぐ曇つて雪が降るのが殆ど毎日のことであつた。

雪空の色は色々に変化した。

窓の外面に吹雪の渦巻く時もあつた。（以下略）

虚子は更に、窓から見える人々の服装など初めて見た真冬の小樽の光景を描く。熱が下がり回復してきた年尾が、病床の窓に見える氷柱などを描いた俳句を口述し、虚子が書き取ってやるなどの情景は、子供思いの父親の虚子がいる。

快癒の見通しがついて、三〇日夜帰途についた虚子は、翌早朝函館の連絡船上で一句詠んだ。

冬帝先づ日をなげかけて駒ケ嶽　　虚子

虚子の安堵と神への感謝の思いが込められた名句である。

葱

「葱」は、冬場の鍋物などの大切な食材とされるが、実際は一年中利用される。しかし、冬の季題となっているのは、霜の降りる頃からがもっとも美味しくなるからであろう。葱は、いまさら書きおくこともなかろうが、葉葱と根深葱とに大別される。葉葱は、おもに関西以西で栽培され、根深葱は、関東や関東以北で栽培されている。

根深葱は、葉鞘の部分に土を寄せて、土中に育て軟白にする。昔から有名なのが千住葱であり、葉鞘が太く短いが甘みのある下仁田葱もこの類である。葉葱の代表は、京都の九条葱であろう。

春に、「葱坊主」という季題があって、これは葱の花が多数集まって球形をなしたものであり、やがて種となるのであるが、根深葱には、「坊主不知葱」というものもあって、株分けを繰り返して増やすのだという。二、三カ月で分けつをするので、周年栽培ができるというのである。

林春隆『食味宝典　野菜百珍』から引用するが、「ねぎは、わが国でも最も古くより、畏きあたりでも用いさせられた根菜である。しかもその滋養分の饒なのと、効能の多いことは、かの大根にも譲らないのである。それを卑しめて上品な料理にあまり用いないのは、仏教の盛んな時から五辛を戒めて葷菜《くんさい》と称したために、韮蒜類と共に人の避けるところとなった。」のであるが、「葱は上古より重用せられて、親王宣下の時、参内の前に葱の白根を噛み砕いて、四方に息を吹いて参内したまう古実がある。」とも書かれており、今日の全く庶民的な野菜のイメージとは程遠いものでもあったらしい。

虚子の「葱」の句について書いておきたいと思う。虚子の「葱」の句は、『年代順虚子俳句全集』四巻と『句日記』六巻を調べると、明治時代に作った三句のみが残されている。

はつしもや吉田の里の葱畑　明治二六年一二月

牧牛や埒の外なる葱畑　同　三二年二月

葱多く鴨少し皿に残りけり　同　三三年二月

一句目は、虚子が京都第三高等中学に入学した翌年で、この年に碧梧桐が入学し、下宿屋に同居して、「虚桐庵」と称していた。ここへ瓢亭の来訪を受けて運座を開いたときの一句。二句目は、「半日あるき」という写生文のために一人吟行したときのもの。三句目は、「成田詣」という文章に残されている句の一つであるが、このときは、現地の句友のもてなしを受けて、「葱」十句の運座を開いている。虚子が残した句は、掲出句のほか「根深汁」の二句であるから、葱と根深汁は、季題として同じものとされていたのであろう。こんなことを調べていて、今まで読みとばしていたことを発見した。それは、一題十句という句会の形式の始まりについてであり、『年代順虚子俳句全集』第一巻の明治三二年二月に出てくる。三〇八頁に、次の一節があった。

三月。「一題十句」を書く。節録。

一題十句の流行し始めたるは子規子が蕪村の新花摘を読みて其一日にして一題の下に十句以上の名句を縦横に吐き散らしたるを見、我も劣らじと牡丹十句を作りたるを始めとすべし。爾来何々十句といふ声は到る所に聞えて、例会の席上にも運座一回を終へたる後は、一題十句を試むるを常とするに至りぬ。一夜、碧梧桐と火鉢一つを隔てゝ雑談も倦みぬ、いざ題をとて歳時記を探り初雷といふを得たるに、これはと頭を掻きつつ、

（以下、俳句は省略する）

虚子の「一題十句」という文章は、まだ読んでいないが、『新潮日本文学アルバム　正岡子規』の明治二九年の項に「初夏に『新花摘』を読み蕪村に傾倒、一題十句を試みる」とあるし、同三一年一月から蕪村句集輪講を子規庵で始めているから、一季題十句を席題として行われるようになったのは、そうした時期、蕪村の影響を受けた子規の発案として間違いないのであろう。「葱」から脇道に逸れたが、虚子の葱の句の探究から、思わぬ知見を得たことがうれしい。

枯蓮

枯　蓮　の　銅　の　如　立　て　り　け　り　　虚子

『図説俳句大歳時記』や『日本大歳時記』が「枯蓮」の例句としてこの句を挙げているから、格別に

目新しいものではない。しかし、虚子が編纂した『新歳時記』の「枯蓮」の項を見ると、昭和九年の初版、一五年の改訂版には、虚子は自分の句を例示していないし、二六年の増訂版においては、〈枯蓮の水を犬飲むおびえつゝ〉を挙げているので、日頃虚子編『新歳時記』に頼っているものには馴染みがない句である。『ホトトギス新歳時記』改訂版の例句は〈枯蓮の池に横たふ暮色かな　虚子〉であるし、『風生編歳時記』では虚子の句を挙げていないので、ついそう思ってしまう。

『図説俳句大歳時記』には、この句の出典として「虚子全集」とある。虚子の全集は、昭和九年から一〇年にかけて改造社から出された『高浜虚子全集』、二三年から二五年にわたって刊行された創元社の『定本虚子全集』、四八年から五〇年に出版された毎日新聞社版『定本高浜虚子全集』の三種類あるが、『図説俳句大歳時記』の刊行の時期を考えれば、創元社版を示しているのであろうとあたりをつけて調べてみると、同全集第四巻『俳句集　冬』の枯蓮の項に、七句ある一つとして示されてあった。

ところで、虚子の句の作句の事情を調べるとき、定石として『年代順虚子俳句全集』全四巻および『句日記』六冊を繙く。なぜなら、虚子自身が、後に残すべき句として、作句の年月日、句会名、吟行地などを注記しつつ、最も広範に選び出した、虚子の生涯の句を見渡すことができる句集であると一般的に考えられているからである。だが、掲出の〈枯蓮の銅の如立てりけり〉の句は、これらの一〇冊をあたっても発見できない。何故であろうか。

虚子は、出版社の求めに応じて何度も自選の句集を出しているが、句集はその都度そのときの考えで選をしていると言っているから、同じ時期でも句集によって収録されている句が異なることはよく知られているし、この創元社版でも、序文に、「明治二十四年から昭和二十年迄の全句稿の中から、今度新たに自選したものを発表する」と書いている。

しかし、こうした場合の虚子の「全句稿」とは、前記の一〇冊をベースにしていると考えていたので、これに収録されていないような句が全集に残されている事例に出会うとは思いもかけなかった。念のため、創元社版『定本虚子全集』第四巻の「枯蓮」に採録されている七句とは、次の通りである。

枯蓮の中に家鴨の水輪かな　昭和二年

午の日の参詣多し枯蓮　同　九年

枯蓮の水にうつりて賑かに　同

枯蓮の銅《あかがね》の如立てりけり　同　一五年

枯蓮に少しの緑とゞめたる　同　一七年

鴨の頸伸びて横切る枯蓮　同

枯蓮の水を犬飲むおびえつゝ　同　一八年

虚子は、昭和二四年一一月時点で、創元社版全集のために選んだこれらの七句のなかに、何故、『年代順』、『句日記』に収録されていない〈枯蓮の銅の如立てりけり〉の一句を加えたのか。『図説俳句大歳時記』の編者は、何故、七句のなかからこの一句を選んだのか。他の六句は、『年代順』や『句日記』に収録されている句であるだけに、不思議に思う。

この句の初出を探し出そうと、昭和一五年の作という注記を手掛かりに、「ホトトギス」や「玉藻」誌を調べてみたが発見できなかった。他の雑誌や新聞に発表したもので、『句日記』に残されていない句があったら調べようがない。
それにしても、パソコンのデータベースなどない時代に、虚子の全句稿は、どんなふうに整理・管理されていたのであろうか。新たな謎である。枯蓮とは、ずいぶん外れた話題になってしまった。

火事

映画出て火事のポスター見て立てり　　虚子

「火事」という季題の句として、あまりにも有名な一句である。まず、虚子晩年の高弟清崎敏郎の鑑賞を紹介したい。清崎敏郎は、昭和四一年一〇月、桜楓社より「俳句シリーズ人と作品5」として、『高浜虚子』を上梓した。敏郎が本書の執筆にどれほど心血をそそいだかは、その「まえがき」に表れているので、本稿のテーマから逸れるが、その紹介から始めたい。敏郎は、こう「まえがき」に書いている。

虚子先生は、私にとって偶像である。単に俳句の師であったばかりでなく、亦、人生の師でもあった。私は、今もって、先生の俳句観、人生観のままに歩んでゆきたいと思っている。先生みたいになりたいとさえ思う。だが、勿論、それが許されるわけはない。ただただ、己が菲才と薄志弱行を思い知らされるばかりである。(以下略)

とまで、書きながら取り組んだ『高浜虚子』であるから、本書の「作家研究編」に続く、「鑑賞編」に取り上げている虚子の代表句の鑑賞は、それぞれ行き届いた名文である。

では、虚子の掲出の火事の句をどう読んでいるか。

映画出て火事のポスター見て立てり

昭和十六年。一月二十一日、銀座探勝会で作られた句で、属目吟であろう。

作者は、その歳時記に、「冬は火に親しむ。従つて火事も冬に多い。感じからいつても冬である。昔から火事は江戸の花といはれたくらゐで、日本は家の構造等の関係で特に火事が多い。」と解説しているけれど、「火事」は、明治になって、虚子等によって取り上げられた季題である。「火事のポスター」は、火事の多い時分に、防火週間を設けて、その趣旨を普及宣伝するためのポスターである。真赤な大きな火事の焔を全面に書いて、消防手がそれに立ち向っている図柄など、戦前にはよく見かけたものである。

映画館を出て、その辺に貼られている火事のポスターを見て立っている男がいる。映画を見終った後の空虚感から、ふと立どまって、見るともなく見ているのである。その男の年齢とか姿、容とか、そういった具体的なものをのりこえて、男が一瞬抱いたうつろな虚無的な心持が、不思議に、読者に印象強く迫ってくる。同時に、それを見ている作者の表情、心持も。

長い引用となったが、清崎敏郎が書いたこの句の鑑賞の全文である。名句は、良き読み手を得て、このように鮮明で明確な広がりを持つということであろう。

「火事」は、明治になって、虚子等によって取り上げられた季題であるという指摘に従って、まず、虚子は、他にどんな「火事」の句を作っているか、多少煩雑になるが見ておきたい。昭和二五年に創元社より刊行された『定本虚子全集　第四巻俳句集　冬』は、虚子が新たに自選した季題別の俳句が掲載されている。その「火事」の項には、明治三六年から昭和一六年までの一二句を採録している。そのうち、手元にある虚子の句集や諸歳時記などに収録されている句を記せば、つぎの五句である。

藪の穂に村火事を見る渡舟かな　昭和二年

・虚子句集『五百句』、虚子編『新歳時記』、自選『虚子句集』（岩波文庫）

山寺の鐘殷々と村の火事　昭和二年

・自選『虚子句集』（岩波文庫）

住み古りて今宵も火事の三河島　昭和三年

・『日本国語大辞典』（小学館）

炎上を見かへりながら逃ぐるかな　昭和八年

・『ホトトギス新歳時記』、自選『虚子句集』（岩波文庫）

映画出て火事のポスター見て立てり　昭和一六年

・虚子句集『六百句』、自選『虚子句集』（岩波文庫）、『風生編歳時記』、『ホトトギス新歳時記』、講談社『日本大歳時記』、角川書店『図説俳句大歳時記』、『角川俳句大歳時記』

このようにやはり〈映画出て火事のポスター見て立てり〉が、多く採録されていることが分かる。「火事」という季題は、たくさんある季題のなかでは、比較的特殊な季題のように思うが、虚子自身もいろいろ作っており、ホトトギスの雑詠のなかでも多く選出している。それは、春夏秋冬の四季に別れた『ホトトギス雑詠選集　冬』の「火事」の季題に見られる。『雑詠選集』とは、虚子が、ホトトギスの明治四一年一月号から昭和一二年九月号までに掲載した雑詠欄の入選句を更に精選して作った句集で、例えば、冬の部で言えば、虚子のまえがきによれば、雑詠入選の句四万一千句から精選された千九百句であるという。

そのように厳選された『ホトトギス雑詠選集　冬』に、「火事」の句が二〇句もあって驚かされるが、さらに思いがけないことは、そのうち八句が同じ人の句なのである。その八句を紹介しよう。

畏れつゝ火迫る仏抱きにけり　昭和六年
火の中に秘仏現《あ》れしもしばし程　同
火の中に脇立見えて倒れ次ぐ　同
渡殿を往き交ふ僧や火事明り　同
いつまでも火事ほてりする面かな　同
火事見舞皆元信の襖はと　同
火の番の目にいつぱいの劫火かな　昭和七年
火事頭巾とればいづれもお僧かな　同

作者は、三星山彦という高野山の僧侶という。ホトトギスの本誌を確かめると、最初の三句は、昭和六年五月号の雑詠巻頭四句のなかの三句であった。選集に漏れた一句は、〈巨体仏解きて移せし大火かな〉である。

虚子は、翌六月号の雑詠句評会で、〈火の中に秘仏現れしもしばし程〉を例に上げて、「技巧といふものは余りない。（中略）それでゐて人を打つ力の大きいのは事実に直面して出来た句であるからである。」と述べている。

「渡殿を」と「いつまでも」は、昭和六年七月号の三句入選のなかの二句、「火事見舞」は、同年一〇月号の二句入選の一句であり、いずれも選集に外れた一句も「火事」の句である。「火の番の」は、翌七年四月号入選二句の一句でもう一句は季題が違う句、「火事頭巾」の句は、同七年六月号の入選一句のものである。

このように、一年間続けて「火事」の句を作りつづけるほどに、激しい体験であったのであろう。まさに劫火である。付け加えておくが、この作者は、当然に他の季題の句も作り、雑詠に入選している優れた俳人である。

「火事」の句を追いかけて、思いがけない句に出会ったのであるが、火事の実体験はしたくないものである。

冬至

虚子編『新歳時記』を見ると、

冬至　十二月二十二日頃に当る。これから次第に日脚がのびる。昼間最も短く、夜間最も長い日である。特に粥を食べたり、南瓜を食べたり、又柚子風呂を立て、入る習慣などがある。冬至粥。

（注：冬至粥を傍題とし、柚湯は別に立項。）

『風生編歳時記』を読むと、まず、「冬至粥　冬至南瓜　柚子湯　柚風呂　冬至湯」を傍題として示し、次のように解説する。

冬至　二十四節気の一つ。昼が最も短く、夜が最も長い日で、十二月二十二日か二十三日に当たる。この日、粥や南瓜を食べたり、柚子湯をたてる風がある。

『日本大歳時記』を確かめると、実に沢山の「冬至」に繋がる季語に並んでいるのに驚いた。列挙してみよう。

「冬至」（一陽来復）、「朔日冬至」、「冬至粥」（赤柏・赤豆の粥・冬至南瓜・冬至蒟蒻・冬至餅）、「柚子湯」（柚子風呂・冬至湯・冬至風呂）、「冬至梅」、「冬至芽」（菊の冬至芽）などが見付かった。括弧のなかに書いたものは傍題である。

『角川俳句大歳時記』は、「一陽の嘉節」（一陽）、「宮線を添ふ」などという言葉も冬至に関連する季語として登録しているが、さすがに最後の二つの季語には、例句がない。

俳句に使う季題は、季題の意味をよく理解し、その本意に添うように、季題を生かして作句することが大切であろう。新しい俳句、新しい表現を目指すことは大切なことであろうが、見慣れない季語を試みるときは、詠み手がよく理解し、読み手にも自然に納得できる俳句に仕立てる努力が必要になる。簡単なことではなかろう。

冬至とは、中国から伝えられた、一年を二四等分して季節を示す言葉の一つで、天文学的には、「この日、太陽が赤道以南の南半球の最も遠い点に行くため、北半球では太陽の高さが一年中で最も低くなる。そのため昼が一年中で一番短く、夜が一番長くなる」(岡田芳朗他編『現代こよみ読み解き事典』)とし、「この日、民間でも小豆粥やかぼちゃを食べ、冷酒を飲み、ゆず湯に入る風習がある。」とも述べている。

中国伝来のことならばと、手元の『荊楚歳時記』(東洋文庫版。本書は六世紀頃、中国の楚〈湖北・湖南地方〉の年中行事をまとめた本)を取り出して見ると、十一月の章に「冬至、日の影を測り、赤豆粥を作る」と題する一節がある。短いので、以下に本文全文を引用する。

(四四)冬至、日の影を測り、赤豆粥を作る

冬至の日、日の影を量り、赤豆粥《しゅく》を作りて以て疫を禳《はら》う。

按ずるに、共工氏に不才の子あり。冬至を以て死し、疫鬼と為り、赤豆を畏る。故に冬至の日、赤豆粥を作り以て之を禳う。又た魏晋の間、宮中、紅線を以て日の影を量る。冬至の後、日の影、長さを添えること一線。

これだけの本文だが、中国の古典、『淮南子』や『礼記』『史記』などに記載されている事柄を参照しつつ、編訳者のこまかな文字の丁寧な校注が三頁にわたって続いている。そのごく一部を紹介すれば、冬至は太陽の運行を規準とする暦の起点であり、『淮南子』には、冬至を起点として一五日ごとに節句の来ることを記しているという。また、『淮南子』や『史記』から、前漢ごろ冬至が陰陽を以て解釈されたことや木炭と土を衡にかけて夏至冬至の時が測られたことなどが分かるという。さらに、

八尺の棒の日影によって冬至の到来が知られたことなども記述されているらしい。

ところで、『荊楚歳時記』をご紹介したのは、「赤豆粥を作る」ことである。これが日本で冬至粥として、赤豆の小豆を入れた粥を食べる習慣の源流ではなかろうか。共工氏の子が冬至に死亡し疫鬼になったので、赤豆粥でこれを追い払おうという話が、冬至という寒い季節の変わり目の疫病退治の御祓いとして習慣化したのであろうか。

とすれば、南瓜にもなにか謂われがあるのではなかろうかと探していたが、しっかりした文献がなく困っていたところ、千澄子『京のたべごろ』（朝日新聞社）という随筆集の「カボチャ」の一文に出会った。同氏は、本書の作者紹介（昭和六二年五月刊）によれば、官休庵（武者小路千家）九世家元愈好斎の長女、現家元有隣斎宗守夫人である。

カボチャとナスと豆腐のいため煮、京都では「オカボ」と呼ぶカボチャを使っての夏の代表的なおまわり（おそうざい）です。

（中略）

ところで夏のカボチャを台所の隅の涼しいところで冬至のころまで残しておいて食べる習慣がありまます。別にカボチャでなくてもいいんですけど、ナンキン、キンカン、ハンペンなど、「ン」が二つつくものを冬至に食べると中風にならないといわれるんですよ。

京都の伝統のある茶道の宗家に伝わる話と知れば、これも習慣が広まることの一つかと、なぜか納得している。

春を待つ

「春を待つ」の本意を歳時記に探れば、『図説俳句大歳時記』の大野林火の解説は、「春近しよりもっと主観的で、春に寄せる期待の心がつよい。寒さに弱い人や、雪国で長く雪にとざされきびしい冬に耐えてきた人にはさらに強いであろう。」とあり、『日本大歳時記』にある飯田龍太の解説にも、「『春近し』より主情的なおもいをこめた言葉であろう。（中略）寒気は一向に衰えを見せぬが、何やら日の光りに精気が宿り、たそがれの明るさにもいくぶんか日脚ののびを感じさせるころ。（中略）ことに雪深い地では、待春の情はひとしお切実なものがあろう。」という。

こうした雪国の人々の、より具体的な春の感じ方は、土にある。例えば『日本大歳時記』の「春の土」の、山本健吉が解説するその一部に、「半年近くも雪に閉じ込められる北国では、春になって土が現れることが、ひたすらに待たれる。」と述べつつ、あまり馴染みのない北海道の俳人だが、『北海道俳壇史』という好著も持つ比良暮雪の『北海道樺太新季題集』に、初めて「土恋し」という季題が立てられたことを紹介している。

柳田国男・三木茂『雪国の民俗』の一節「春遠からじ」には、「雪国に住む人々の気持も、なにか硬直したものから解きほぐされたやうになり、急にのどかさにふくらんで、はずみだす。深々として見境のなかつた田づらに、ポッカリ穴があいて、雪解けの水がかすかな音を立てて流れてゐる。」と描かれる。「ポッカリ」と開いた穴に土が見える。

戦時中、山形に疎開して代用教員をしていた詩人、丸山薫は『日本の名随筆20　冬』所収の「春来るまで」という随筆に、こう書く。

四月になっても、雪はそのままだ。谷奥に谺する雪崩のとゞろきはきこえても、崖という崖のふちに、ずっしりとのしかゝっている鯨の脂肉のような雪の層を見るのは心重い。

春を人力で呼ぼうと、子供らは手に手にショベルをふるって、校庭の雪をすくって投げる。または箱橇に土をつんで、遠くへ運んでゆく。そして土をばら撒く。

土の黒さが太陽の熱を吸って、田畑を覆う雪を消すようにと――。

だが、厚い雪もその底の方から、素晴らしい速度で日々に溶けている。とうとう、どこかにぽっかりと穴があく。そこから半年ぶりに懐かしい土がのぞく。

ああ、黄金いろの福寿草！　茴香子の芽！

始業の前、ひとりの女の子が勢よく手を挙げて立ち上った。

――先生。今朝、燕を見ました。

風は未だ膚寒いが、遠山の光まぶしく晴れた春の朝である。

切山椒

『新歳時記』では、一月の季題として立項し、「米の粉に粉山椒と砂糖を加へて搗き交ぜ、細かく切つた餅である。淡紅に染めたのと白とある。山椒の香味があつて、新年のお茶受けによろこばれる。」と解説している。

これ以上になにも付け加えることもないなあと考えていたら、かつて五反田に勤め先があった頃、目黒の大鳥神社の酉の市へ行ったとき、参道で切山椒を買ったことを思い出した。江戸っ子好みの餅菓子だから、お正月だけじゃないのかと思い直して少し調べてみた。

切山椒は、多くの歳時記では、新年の季題として採録されているが、五冊本の歳時記などでは、新年と春の二季に掲載している本もある。春に掲載される場合は、「山椒の皮」という季語と隣り合って掲載されているからその関係かとも思うが、これは佃煮の風味付けに使われるものらしいから切山椒とは直接関係がない。切山椒に使われるのは山椒の実の方である。

さて切山椒を作るときの山椒の実の使われ方が、本によって多少ちがう。①虚子編のように、粉山椒を使う、②山椒の実を熱湯に浸してできた汁を混ぜる、③山椒の実を炒ってぬるま湯にしみ出させた汁を混ぜる、などとある。

切山椒は、上新粉に砂糖や山椒の実の香味を捏ねて餅にして算木切りにした単純なお菓子だが、江戸時代からあって、特に東京で好まれたものであり、日本橋人形町の三原堂は水天宮の縁日にしか売らないと書かれていたり、別の書では、浅草の梅林堂では、酉の市にだけ出すともあるが、一般的には、正月に売り出し、店によっては三月頃まで売っているとある。

沢村貞子『私の浅草』（暮しの手帖社）は、浅草育ちらしい話題が楽しい本だが、「お酉さま」という文章は、「ちいさいころ、十一月にはいると、もう『お酉さま』が待ち遠しくて、」と書き出している。その一節に、「軒先きに派手な提灯をつるした引手茶屋や、遊廓のお女郎の写真をチラリと横眼でみながら仲の町を通り抜け」て行くと、夜店がぎっしり並び、「粋なおじいさんが『きりざんしょ』を小袋にいれている。私はあのすあまのような柔かいお菓子が好きだった。」と懐かしんでいるから、やはりお酉さまで私が買った記憶は間違いではなかった。

『切山椒』（慶應義塾三田文学ライブラリー）という題の本がある。龍岡晋という方の著書である。新劇好きの方は承知であろう。戦前の築地座に入り、後に文学座の創設に参加し、やがて文学座を株式会社化し、社長として劇団経営に大きな力を尽くしたが、一方、久保田万太郎に師事し、俳優・演出家であるとともに、俳人としても優れていた。

本書の冒頭、「昭和三十六年の春、胃癌の疑いがあって、久保田先生慶應に入院、夏、退院されるまでの殆ど毎日、朝十時頃から夕方まで、時には夜おそくまでのこともあったが、ぼくは、先生の病室にずうっと詰め切りでいた。」と書いているが、そのようなときに交わされた話に多少解説を付け加える形で残された貴重な記録である。その書き出しの終わりに、「亡くなった先生のことだけに、それだけにうそは書けない、間違ったことも書いてはならない。メモや記憶をたどって順序もなにもないおもい出すままに書くのだが、筆の調子にのって、ウソ、デタラメにならないよう、気をつけるつもりである。文体もその時々で一貫したものがないだろうから〝切山椒〟と題した。」と書名の由来がある。

本書を少し読む進めると、こんな話題がある。

万太郎　切山椒、松葉屋がとゞけてくれました。

晋　　あゝお酉さま。

万太郎　羊羹屑、これを今、屑羊羹っていってるんだね。羊羹屑でどうしていけないんだい。とあって、晋の解説が続く。「かきがら町角の三原堂では、水天宮の縁日というと軒先に紫の幕をはって、店の者が赤襷かなんかで切山椒と羊羹屑を売った。（以下略）」

切山椒は、江戸っ子にはやはり、縁日やお酉さまのものらしい。松葉屋は、万太郎が贔屓にした引手茶屋である。

水仙

園芸研究家である柳宗民『日本の花』（ちくま新書）の「にほんすいせん」の項の冒頭を引用するが、「正月を飾る活け花として、必ずといってよいほど活けられる花にニホンスイセンがある。白く香りのよい清楚な花はいかにも新春の飾りに相応しい。ニホンスイセンはその名のように、わが国の暖地海岸に群生地があり、冬の訪れとともに海岸の傾斜面一面に咲き競う。主に黒潮洗う関東以西の太平洋沿岸に点々と野生地があるが、日本海側にも隠岐島や越前海岸にも野生し、中でも越前海岸の群生地が有名で越前水仙と呼ばれ、正月用に切り花が出荷されるし、花時に訪れる人も多い。」とある。農学博士であり植物の普及書の著作の多い湯浅浩史『植物と行事』（朝日選書）でも、その書き出しに、「スイセンは地中海沿岸が原産の植物だが、いまや日本の花になりきっている。冬枯れの庭に凛として咲き、正月の床の間を飾り、新春の生け花には欠かせない。」と述べているように日本人の暮らしに馴染んだ花として親しまれている。

地中海からシルクロードを経て中国に定着し、やがて日本に渡来したと言われているが、その時期はといえば、室町時代の国語辞典『下学集』に「水仙」が初出しているから、文献的には、室町期に日本で知られるようになったとされる。

松田修『古典植物辞典』（講談社学術文庫）は、『古事記』『日本書紀』『風土記』『万葉集』『古今和歌集』『枕草子』『源氏物語』に現れる植物について採録し、一つ一つに図解や解説をつけているが、そのなかには水仙が出てこないから、奈良時代平安時代には、確かに水仙は渡来していなかったのであろうと思える。

江戸時代後期の国学者屋代弘賢の『古今要覧稿』のなかに「皇国にて歌にも詠ぜられず」とあるごとく、「和歌的世界に水仙の用例はない。」と述べている學燈社の「國文學」臨時増刊号『古典文学植物誌』を読んで、少し不思議に思っていたが、大岡信監修の『日本うたことば表現辞典①―植物編』上巻（遊子館）が「水仙」の項に紹介している歌の例は、正岡子規以降の作品であり、俳句では松尾芭蕉以降の作品であることを知って、あるいはそうなのかと得心した。

大歳時記を見れば、「水仙」の項に、いろいろな俳諧手引き書、歳時記が挙げられていて、俳諧の季語として広く使われていたことを知ることができるのである。

越前海岸の野性の水仙は実見したことがあるが、海に沿って道路があり、いきなり急斜面の崖が峙《そばだ》っている。この海辺は、岩礁が多く荒々しい波が打ちつけると、「波の花」がふわふわと舞い上がる景色も珍しい。水仙を摘むのは、崖の上部から命綱を垂らして腰に巻き付け、下りながら切り取ってゆくのである。摘んだばかりの水仙は素晴らしい強い香りがするが、この香りは長持ちするので、切り花として重宝されるのである。

越前の水仙には、伝説が伝わっている。仲良しの兄弟がいて、あるとき海に漂着した美しい娘を弟が助けやがて愛し合うようになった。家を離れていた兄が戻ってきて、娘を見て、彼も娘を好きになってしまう。そのため、仲良しだった兄弟がいがみ合うようになってしまった。娘は、それを悲しみ、崖から身を投げてしまう。

翌年春になって、この海岸に美しい花が流れ着いた。これが越前水仙の物語だというのである。

越前水仙がなぜ野生として群生するようになったのか。諸説のなかの一つは、中国南部の福建省の海岸地帯にある野性の水仙群から、台風かなにかにより海に流れ出て、球根が越前に漂着したのではないかという考え方が、二、三の文献に示されている。先の伝説の語るところを考え合わせると興味深い。

水仙が室町時代に知られるようになったという事実は、茶道や立花などの文化がやはりこの時代に花を開いたことを思うと、水仙が床の間に活け花として使われる意味も頷けるように思う。

湯浅浩史氏の『植物と行事』に、古典茶会で使用された花を丹念に拾い、『詳説茶花図譜』を出版された森富夫氏の記録を紹介しているが、それによると、奈良の漆屋松屋久政の茶会参加の記録は、室町期の六四年間で四〇〇回に及ぶが、そのうち茶室の花の記録は七一回あり、頻出する順では、水仙が最多で二三回、菊一六回、梅一五回、椿八回と記録されているという。久政の嗣子久好は桃山期に当たるがその記録では、花の名があるのは六七回で、水仙は三番目で一六回という。さらに、三代目久重（江戸初期）の記録には一〇九回の花の記録に、三番目として水仙二一回とあるというから、茶会における水仙の位置が分かる。

水仙が正月の花として連綿と愛される所以かと思う。

日脚伸ぶ

山本健吉『ことばの歳時記』所収の「日永」と題する文章に、「俳諧の季題では、日永が春、短夜が夏、夜長が秋、短日が冬である。算術的に計算すると、これは理窟に合わない。日永の季節は短夜の季節でもあるはずだし、夜長の季節は短日の季節でもあるはずだからである。」と考えるのは、「季節を感じ取る者が人間である」ことを忘れた考え方だと言い、「寒くて、日中が短くて、陰気な冬のあいだから、待ちこがれた春がやって来たという歓びの気持が、『日永』という言葉に籠っている。

冬の季題に『日脚伸ぶ』というのがある。冬至が過ぎると畳の日ほどづつ、日が伸びて行く。その目を数えるようにして、日が永くなるのを待ちこがれる。もちろん夏至までは、まだまだ日は長くなって行くが、冬の日の短かさと対照的に、春になっての日の長さが、ひとびとの実感として強く存在する。」と述べる。

畳の目ほどずつ伸びてゆく日脚を数える冬の日々が、日永という歓びの季題になるのだという捉え方が面白い。

「日脚伸ぶ」という季題を歳時記で確かめてすぐ気が付くことは、『風生編歳時記』も、角川書店の『図説俳句大歳時記』、角川の新しい『角川俳句大歳時記』、講談社の『日本大歳時記』のどれもが、最初に上げている例句は、虚子の〈汚れたる雪の山家に日脚伸ぶ〉（昭和二二年、小諸での作）となっているから、近代になってから使われ始めた季題であることが分かる。

近代といっても、昭和八年刊行の改造社『俳諧歳時記』や同九年の虚子編『新歳時記』は、「日脚伸びる」と立項していても例句がないから、虚子の昭和一一年の句〈日脚伸ぶ今年為すこと多きかな〉などが初めての作例かもしれない。

念のために言い添えれば、『日本国語大辞典』に、「日脚・日足」の項があって、第一義に「雲などの切れ目や物の間から差し込んでくる日光。また、ひざしを比喩的にいう。日のあし。」と説明し、その用例のなかに、俳諧・山の井（一六四八）〈年の内へふみこむ春の日足哉〉とある。これは、北村季吟の句であるが、「日足」は季題として使われてはいない。このような「日脚・日足」の用例は、例えば『芭蕉七部集』の「阿羅野」にも、〈鴨《かも》突の行影長き日あし哉　児竹〉や〈むさしのとおもへど冬の日あし哉　洗悪〉などがあるが、いずれも季題ではない。
やはり、「日脚伸ぶ」と捉えたときに、季題が成立したのであろう。

去年今年

去年今年貫く棒の如きもの　虚子

「去年今年」という季題が、近代の俳句において極めて普遍的な季題として定着したのは、高浜虚子のこの一句によると考えて間違いないであろう。

山本健吉は、講談社の『カラー図説日本大歳時記』の監修者の一人として、基本季語五〇〇を選出して解説を担当したとき、本季題を「去年」の傍題の一つに入れて、日本の古典文学以来頻繁に使われてきた言葉だとしつつ、「何となく分ったようになっているものの、もう一つはっきりしない季語であった。だが、この古典的季題は、終戦後間もなく、虚子の一句によって命を吹きこまれた。『去年今年貫く棒の如きもの』。鎌倉駅の構内に、たまたまこの句が掲げられていたのが、たまたま川端康成の眼に触れ、感嘆して随筆に書いてから、一躍有名になった。この季語のイメージが、この一句ではっきりして来た。去年と言い今年と言い、眼に見えない断層を人は感じるが、虚子はそのつながりを、一本の棒の如きものと断じた。禅僧の一喝に遇ったようなものである。人生の達人の一種の達観に裏打された名句で、この句によってこの季題の価値が定まった。」とゆるぎない見解を示している（この解説は、山本健吉『基本季語五〇〇選』講談社学術文庫にも収録されている）。

この虚子の一句については、実に多くの人が、鑑賞をこころみ、評論の対象としているから、そのような文章の紹介は控えるが、筆者の気になっているのは、川端康成がどのような随筆でどう感嘆しているのか、その原文をじっくり味わってみたいということであった。

手元に、平成一二年五月八日に作った資料カードがある。見出しは「去年今年」。草間時彦『俳句十二か月』（角川選書）で出会った虚子のこの一句を鑑賞している部分をコピーして貼っておいたカードである。その一節に、川端康成が虚子の句について触れている文章を引用し、出典を『竹の声桃の花』（新潮社）と紹介してくれているのであった。

これをたよりに調べれば、『川端康成全集第十五巻』（新潮社）に、『竹の声桃の花』という随筆集が収録されてあった。そのなかの、「美の存在と発見」という文章のなかに、川端康成は鎌倉駅でたまたま見かけた虚子の〈去年今年貫く棒の如きもの〉の句について触れていた。大変驚いたのは、この「美の存在と発見」という文章は、実は随筆ではなく、一九六九（昭和四四）年五月一六日にハワイ大学で行った公開講義の講演記録であった。

虚子の〈去年今年貫く棒の如きもの〉の句は、虚子の『句日記』により、昭和二五年一二月二〇日に、翌春の新年放送のために作られたとあるから、川端康成が鎌倉駅で見かけたのは、その直後の暮れか新年のことなのだろう。その記憶が一八年後のハワイ大学での講演につながっていることの意味を考えると、文学の達人同士の思いの深さに感動する。

ただ、山本健吉が書いている文の気配から考えれば、川端康成が虚子のこの句に感嘆したという随筆は、あるいは別のもっと早い時期に書かれたものがあったのかもしれない。もしそうだったとすれば、それはそれで、川端康成がハワイ大学の講演で再度、虚子を称賛したということになるから、やはりその関心の持ち方は尋常ではないということになろう。ハワイ大学の講演「美の存在と発見」は、掲出書で一二頁にわたる長文であり、「源氏物語」にも話題が及ぶ多彩な内容であるが、虚子の一句に係わるところを以下に引用しつつ紹介したい。

冒頭は、ハワイ滞在二カ月の美しいものの発見として、ホテルのテラスの食堂に並ぶいろいろなグラスの朝の日差しに輝く様子を二頁ほど話題にしてから、ハワイの俳句を作る人から、虹の美しさや「冬みどり」という季題が現地にあることを教えられたとして、自作の句〈みどりすべてみどりのままに去年今年〉を思い出して、自分がこの「去年今年」という言葉を使ったのは、高浜虚子の、（以下引用）

去年今年貫く棒の如きもの

といふ句が、わたしの頭にあつてのことでした。この大俳人の家は、わたくしの鎌倉の家の近くで、戦後、虚子の『虹』といふ短編小説を褒めて書きますと、この老先生がおひとりでわたくしの玄関先きへ礼に来られたのには、まつたく恐れ入りました。きものに袴なのはもちろんですが、歯の高い下駄をはいて、そして、これはと目についたのは、首のうしろの襟に、短冊をやや斜めに立てて挿してゐられるのでした。わたくしに下さるために御自分の句を書いた短冊でした。

俳人にはこのやうな作法があるのかと、わたくしははじめて知りました。

鎌倉の駅では、暮れから正月にかけて、町に住む文人たちの自筆の歌や俳句を駅の構内にかかげることがありますが、ある年の暮れ、わたくしは駅で虚子の「去年今年」の句を見て、あつと思ひました。「貫く棒の如きもの」におどろいて、心打たれました。大した言ひ方です。禅の一喝に遭つたやうでした。虚子の年譜によりますと、これは一九五〇年の句です。

「ホトトギス」の虚子は、まるでふだんの会話かひとりごとが口を吐いて出るやうに、自由自在に、あるひは無造作に、平淡な句を数知れずつくつたと見えるうちに、類ひなく大きい句、おそろしい句、妙なる句、深い句があります。

と一頁を費やして、虚子を評価している。

去年今年貫く棒の如きもの　　虚子

川端康成の、虚子は自由自在に、平淡な句を数知れず作ったと見えるうちに、「類ひなく大きい句、おそろしい句、妙なる句、深い句」があると、喝破していることに感動するのである。川端康成が、虚子の小説「虹」を高く評価していたことも合わせて、虚子の一句をしっかり嚙みしめたい。

仕事始

風花の仕事始の薪を割る　　虚子

という一句がある。俳人虚子の仕事始めが「薪を割る」とはどういうことであろうか、と不審に思う。『新歳時記』を見ると、

仕事始　　新年に始めて仕事につき、事務をとることをいふ。

と、まことに簡潔で、傍題に、事務始、鞴始、斧始を挙げている。別項には、山始、鍬始などを立て、新年の儀式を伴う仕事を立項している。

やはり、季題の本意に従うならば、虚子の仕事始めは、句会に出席し、俳句を作り、俳句の選をすることでなければならないと思う。どうして、〈風花の仕事始の薪を割る〉という俳句ができたのであろうか。いつ作られた俳句であろうかと調べてみた。

『句日記』を辿っていくと、これは、昭和二二年一月二日の句であることが分かって、多少納得した。虚子は、昭和一九年九月四日に、誰一人知る人のいない信州小諸に疎開していたからである。寒い小諸の仮住まいの、しかも終戦間もない貧しい時代の正月に、虚子を訪ねて俳句会をしようというような人は誰もいなかったのである。

虚子の小諸における新年三カ日は、昭和二〇年からであるが、どう過ごしていたか、『句日記』を調べてみた。

昭和二〇年の三カ日は、何の記録もない。一月四日のところに、「毎日新聞社より一月暦の句を望まる。」の詞書を置いて、

凍てきびしされども空に冬日厳　　虚子

の一句に出会う。これがこの年の虚子の仕事始めなのであろう。

しかし、驚くことに、その次の行には、「一月七日。土筆会、迷子、菖蒲園、孔甫来。小諸草庵。」と句会の記録がある。土筆会は、小諸に疎開する直前まで、鎌倉でよく句会をしていた人々である。

この七カ月後の八月一五日に、敗戦という終結に出会うとは、まだ誰も思っていなかったであろうが、連日の報道はすでに非常にきびしい戦況を伝えていたはずである。そのようななかを虚子を慰問するために旅してきたのであろう。

同二一年の新年三カ日の『句日記』は、二〇年と同様に全く記録がない。四日になって、個人的な依頼による追悼句が一句、残されている

だが、五日には、「稽古会。小諸山廬。」として、句会を始めている。

「稽古会」は、虚子の『父を恋ふ』（改造社）所収の「稽古会」という文章に丁寧に記録されているが、その冒頭に、「復員して来た上野泰が小諸の四軒長屋（といふ名前で仮に呼ばれてゐる林檎園の中の小屋）で静養してゐるうちに俳句に興味を覚えたらしくもあるし、時には草廬を訪ねてくれる人も

あるし、其等の人と共に、稽古会といふ名前で、寒中の土曜日午後一時から四時まで、日曜日午前十時から四時まで会合をすることにした。」と経緯を書いている俳句会で、上野泰が復員した昭和二〇年一二月に、二日間の第一回が始まっている。
従って、昭和二一年一月五日の稽古会は第二回目であるが、まさに俳人虚子の仕事始めである。「稽古会」はその後も続けられ、夏にも行われるようになって、昭和二二年、二三年の夏には、上野泰に誘われて「新人会」を結成していた、清崎敏郎、深見けん二氏等も出席している。
虚子の新年三カ日の昭和二二年に戻る。

一月一日。

元 日 の 縁 側 散 歩 は じ め か な　　虚子

一月二日。

風 花 の 仕 事 始 の 薪 を 割 る　　同

一月三日。

鶏 小 屋 の こ と に か ま け て 三 日 か な　　同

という三カ日である。
虚子は、小諸で迎えた三度目の新年三カ日にして、初めて、俳句を作ったのである。

小諸の疎開生活の虚子は、夫人とお手伝いの女性二人との四人の暮らしである。近くにともに疎開してきた娘たちもいるが、それぞれ子供を抱えての暮らしである。

虚子と言えども、小諸の日常の暮らしのことは、それなりに自分でしなければならない。そんな生活であれば、薪を割ることが仕事始めと自分に言い聞かせて、やらなければならないことであったのだ。「鶏小屋の」の句も、そんな暮らしの一部が見えてくる。〈元日の縁側散歩はじめかな〉の句の「縁側散歩」は、ご承知の方も多いだろうが、虚子の『小諸雑記』のなかに、「縁側散歩」という文章があって、疎開先の家の三間半の縁側に冬の日がよく当たる日は、暖かなので、この縁側を何度も行ったり来たりして一時間ほどを過ごすと書いている。虚子の小諸の冬を過ごす日常を描いていて、興味深い一節である。

疎開先の北国の小諸、戦中戦後という時代を思えば、虚子と言えども、掲出の句のような正月になることは当然であろうが、小諸以前の鎌倉での正月はどうであったか。『句日記』により、虚子の一日一日が見えるようになった正月は、昭和六年からである。ちょっと紹介しておきたい。

昭和六年元日　大阪の旭川ほか五人の年賀があり小句会。
　二日　向島百花園にて家庭俳句会。
七年元日　立子ら八人の来客。草庵にて句会。
　二日　府中、大国魂神社にて、家庭俳句会。
八年元日　虚子病臥。大阪の旭川来訪。
九年元日　旭川来訪。子供等と鶴ケ岡八幡宮に初詣。
　二日　旭川ほか来訪。小句会。
一〇年元日　未明に明治神宮初詣。句会。虚子は一二句を残している。同日午後、鶴ケ岡八幡宮に初詣。句会。六句。このなかに「神慮今鳩をたたしむ初詣」がある。

虚子は、六〇歳である。

虚子のこのように多忙な正月は、小諸に疎開するまで、毎年続いていた。俳人虚子にふさわしい仕事始めを続けていたのである。

年玉

「年玉」は、子供のときは、正月のなによりの楽しみであったから、例えば虚子編『新歳時記』に、「年始の際の持参礼物をいふ。年の賜の意か。」と書かれてあっても、ちょっとぴんとこない。元日の朝、座敷の食卓に家族が揃って、お雑煮や御節をいただく。いただきながらも、目は、鴨居の上に作り込まれた神棚に行く。頃合いを見計らって父が立ち、神棚に手を伸ばす。らくらくと届く父を大きいなあと思う。手には兄弟の数の点袋があって、一人一人に渡される。ありがとうございますと、言うやいなや、席を立って部屋の隅か隣の部屋へ駆け込んで、そっと覗きこむ。これがお年玉なのだと思う。などと、個人的な思い出に限れば、俳句がせまくなる。総じて言えば、新年の一人一人への贈り物を言うのだろう。あらためて、手元のいろいろな歳時記に採録されている高浜虚子の「年玉」の句を拾い出してみよう。

年 玉 の 水 引 う つ る 板 間 か な　　改造社版昭和八年

年玉の十にあまりし手毬かな　虚子編初版
年玉の水引うつる板間かな　同　改訂版
年玉の十にあまりし手毬かな　同　増訂版
年玉の十にあまりし手毬かな　ホトトギス新歳時記
年玉の水引うつる板間かな　風生編改訂新版
年玉の水引うつる板間かな　山本健吉文春文庫版
年玉の水引うつる板間かな　講談社日本大歳時記
年玉や雪の小家の夕間暮　角川俳句大歳時記

中七「水引うつる」の句は、明治四一年の作。「十にあまりし」は、明治三二年の句である。虚子編は初版では「十にあまりし」と「水引うつる」の二句を例句にしているが、改訂版以降を「十にあまりし」の句だけに変えたのは何故であろうか。句作の年次が逆転しているし、なによりも「手毬」は同じ新年の季題、季重なりである。勿論それを承知で変えたのであろうから、よほど手毬に愛着があったのであろう。

手毬唄かなしきことをうつくしく　虚子

「年玉」に戻る。虚子編と稲畑汀子編のみが、「十にあまりし」を載せ、その他は、ほとんど「水引うつる」である。近年刊行された『角川俳句大歳時記』のみが、〈年玉や雪の小家の夕間暮〉を挙げている。この句は、出典として『虚子全集』とのみ示されているが、おそらく、昭和二五年四月刊行の創元社版『定本虚子全集』第四巻によるものであろう。この句は、『年代順虚子俳句全集』全四巻、『句日記』全六巻には収録されていない句であり、創元社版のために、新たに自選したときに追加採録されたものと思われる。

大正三年作とされるこの句の刊行書の初出は、大正三年一一月五日に実業之日本社より初版が刊行された『俳句の作りやう』という本のなかにある。私の書架にあるのは、昭和一二年三月五日九一版とあるから、初版以来、少なくとも二三年間読みつづけられたことが分かる。平成二一年七月に、角川ソフィア文庫に『俳句の作りよう』として再刊されたから、今は誰でも入手できる。

虚子は、大正二年一月、いわゆる新傾向俳句に反対して、俳壇復帰を宣言し、「ホトトギス」誌に、「俳句とはどんなものか」「俳句の作りやう」を連載し、つぎつぎとこれを刊行したのであった。その『俳句の作りやう』の第二章に「年玉」を例題として、俳句を作るいろいろな興味深いアプローチを示して、それぞれの場面毎に自作の句を挙げて解説しているのである。その一例として、年玉と雪の配合という試みを解説するために、自ら三句を作って見せている。そのくだりに、〈年玉や雪の小家の夕まぐれ〉が出てくるのである。この一文に、虚子は、いろいろの試みを通じて三三句の「年玉」の例句を作句して掲載してあるが、そのうち六句を『年代順虚子俳句全集』第三巻に大正三年の作として残しているものの、〈年玉や雪の小家の夕まぐれ〉は採録されていないので、この句がどういう事情から生まれた句であるか、『俳句の作りやう』を読まなければ発見できない。虚子は、句集の自選のたびに、句を入れ変えることがよくあるので目配りが大切になる。

屠蘇

手元にある「屠蘇散」の包み紙を見ると、おめでたい松と梅の絵柄に、福寿・千歳万齢とあって、内側には、大阪の販売元春洋堂主人が「屠蘇の起因」を嵯峨天皇の弘仁年間に唐より伝わったものと記しているから、九世紀初頭のことである。それから百年ほど経って、紀貫之が『土佐日記』を書き出して間もない、一二月二九日のくだりに、「大湊に泊まれり。医師ふりはへて屠蘇・白散、酒加へて持て来たり。志あるに似たり。」と書き残しているから、屠蘇の習慣は、土佐のような辺地まで広がっていたことが分かる。

中国での伝来を探ると、すぐ『荊楚歳時記』が思い当たるが、ここでは、杉本秀太郎氏が「すぐれた、みごとなシノローグ（sinologue）」（注：シナ学者。中国の文学・歴史・風俗の研究者）と呼ぶ青木正児《まさる》『中華名物考』（平凡社東洋文庫）に収められている「節物雑話」のなかの「屠蘇考」から紹介したい。

詳細は省くが、屠蘇とは唐の書に「草庵の名」とあり、昔草庵に住む人が、毎年除夜になると里人に一包の薬を配り、袋に入れて井戸の水に浸し、元日にその水を酒樽に入れて家族で飲み、疫病を予防せしめたと紹介してあるが、いろいろと考証の上で、屠蘇という薬は西域の薬草であろうとしている。青木氏は、『晋書』（六四八年に成る）に、実在と想定すべき伝説的人物がおり、彼は一日に七百里を歩くが、日に鎮守薬数丸を服すばかりで、その梧桐の実ほどの薬は、松・蜜・薑・桂《にっけい》・茯苓の気があった。また茶蘇《とそ》一、二升を飲んだとあるが、その茶蘇とは即ち屠蘇であろう、と論じている。屠蘇は、本来西域の薬草で水に浸して服したが、中国に輸入されて屠蘇酒となったのは、後に正月に飲む習慣となってからのものであろうと考証しているのである。

今日の日本に戻すが、比較的古くからのしきたりが守られていると想像される京都の冷泉家の場合、『冷泉布美子が語る京の雅　冷泉家の年中行事』（集英社）によれば、「主人の出現で変わったことがもうひとつ。お屠蘇を元日からいただくようになったことです。父の時代は二日にお屠蘇をいただいておりました」と言い、「冷泉家のお屠蘇は、みりんを使いません。清酒を長柄の銚子に入れ、そこに屠蘇散の入った三角の絹の袋を吊して、お屠蘇を作ります。」とあって、主人の実家ではみりんを使っているがとも述べており、京の旧家でもいろいろしきたりに違いがあることが分かる。

この女此の時艶に屠蘇の酔　　虚子

破魔矢

虚子の『六百句』を丁寧に読みなおしているが、昭和一六年から二〇年までの俳句六百余句を収める、その第一句は

初凪や大きな浪のときに来る　　虚子

である。詞書に、「一月元日　由比ケ浜散歩。」とある。虚子にも、元日に一人のんびりと由比ケ浜を散歩するようなことがあるのかと驚いた。年賀の客の応対や句会で、多忙なのではないかと想像していたからである。これに興味を抱いて、虚子の正月三カ日はどう過ごされているか、昭和六年以降の一〇年間の『句日記』を調べてみた。元日だけに限ると、やはり年賀の来客や家族と小句会をしていることが多い。一〇年や一四年のように、元日から初詣の句会があったときは、残された句も多いが、その他の年は、二～五句である。

この一〇年間の新年の句作を「破魔矢」に注目してみると、昭和一〇年の元日午後の鶴ケ岡八幡宮初詣の句のなかに、〈和田塚に破魔矢持ちたる人立てり〉の一句があるのみで、意外に少ないのであった。

そこで、自選『虚子句集』（岩波文庫）に、破魔矢の句を探ってみた。この句集は、明治時代から昭和二五年までの俳句のなかから、自ら五千五百句を選抜して収録した句集であるが、破魔弓・破魔矢の句は次の七句である。

破魔弓や重藤の弓取りの家　　明治三〇年
たてかけてあたりものなき破魔矢かな　　昭和　六年
梅をもち破魔矢を持ちて往来かな　　同　　六年
男山仰ぎて受くる破魔矢かな　　同　一〇年

一壺あり破魔矢をさすにところを得　同　一四年

古壺にかたと音して破魔矢挿す　同　二三年

蜘蛛がよく出る古家の破魔矢かな　同　二五年

虚子七五歳までの破魔矢の句として自選された七句がどのような状況で作られたか、作句の日付を調べてみると、思いがけないことが分かった。

第一句は、明治三〇年一月一日に作られた。しかし、二句目三句目は、六年の一一月六日に「週刊朝日」新年号のために作られたと分かる。四句目と五句目は、それぞれの年の一二月の句会の作。六句目は雑誌の求めにより九月二九日に、七句目も新聞雑誌の求めによる一一月一四日の作であった。つまり、虚子の破魔矢の句は、初詣の現場で作られるよりも題詠のように作られた句に、代表作が多いのであった。

ことに、このような伝統行事や習俗の季題の場合は、長年の季題体験が身についていて、いつでもその本義に添った俳句が生み出せるのであろう。大変興味深いことに思える。

あとがき

本書は、俳誌「知音」に「季題拾遺」と題して連載した季題に関する文章のなかから、平成一九年一月号以降二六年一二月号までの八年間のものに、多少補筆して収録したものである。

知音俳句会は、行方克巳・西村和子両代表により平成八年一月に創立されたが、その当初より同人句会は、毎月一季題を勉強する場として続けられている。

筆者は、創刊当時の幹事として「知音」誌に掲載する同人句会報告を担当し、やがて当月の季題について、歳時記の解説から少し枠を広げた小文を書くことを勧められた。

初めは、ほんの数行であったが、両代表からお励ましいただき、次第に話題を俳句関係だけでなく、文学の各分野ではこの季題がどのように使われているか、その一行一行に目を向け、さらに各種の随筆、博物学的な分野にも目を向けるようになったのは、生来の本好きゆえか。

あらためて読み直すと、筆者が俳句を学んできた道筋から、高濱虚子の『新歳時記』が中心にあり、虚子の『年代順虚子俳句全集』全四巻と六冊の『句日記』から虚子の俳句を紹介し、虚子の写生文の一節を引用したりしているものが多いと気付くが、これは虚子の魅力の大きさゆえのことであり、ご寛容願いたい。

季題は、古典文学に育まれ、今日も親しまれている言葉もあれば、近代になって日常生活のなかで季題となった言葉もある。

季題は、俳句において必ず入れなければならない言葉であるが、普段の時候の挨拶やお天気の会話などにも何気なく使われているのは、日本人の暮らしのなかで培われてきたからであろう。

そんな意味で、多くの方が本書を手にとって下されば、ありがたい。

「季題拾遺」を温かく見守ってくださった、知音俳句会の行方克巳・西村和子両代表に、心からの感謝を申し上げたい。

また、本書の出版にお世話をいただいた、学芸みらい社の青木誠一郎様、佐藤孝子様にお礼申し上げたい。

平成二七年一二月一〇日

栗林圭魚

著者略歴

栗林圭魚（くりばやし　けいぎょ）

昭和一二年、北海道伊達市に生まれる。

昭和三一年、北海道立伊達高校卒業。

昭和三五年、慶應義塾大学経済学部卒業。

平成一二年六月まで、エレクトロニクスメーカー勤務。

平成二年、「花鳥」入会（現在同人会長）。

平成四年、「ホトトギス」入会（同人）。

平成八年、「知音」創刊同人。

平成二〇年四月、『知られざる虚子』（角川学芸出版）刊行（第二三回俳人協会評論賞受賞）。

日本文藝家協会会員。

住所　〒214-0021　川崎市多摩区宿河原六―二〇―二〇―一〇五
電話・ファックス　〇四四―九〇〇―一三八六

季《き》題《だい》拾《しゅう》遺《い》――四《し》季《き》の移《うつ》ろいを読《よ》む

二〇一五年一二月一〇日　初版発行

著　者　栗林《くりばやし》　圭魚《けいぎょ》

発行者　青木誠一郎

発行所　株式会社学芸みらい社
〒一六二―〇八三三　東京都新宿区箪笥町三一
箪笥町ＳＫビル
☎（〇三）五二二七―一二六六
http://gakugeimirai.jp/
Email: info@gakugeimirai.jp

印刷所　藤原印刷株式会社
製本所　藤原印刷株式会社

落丁・乱丁は弊社宛にお送りください。送料弊社負担でお取り替えいたします。

ISBN978-4-905374-95-4　C0095

GAKUGEI
MIRAISHA